"끼 있는 여자", 손영미의 남과 여

우리시대의 사랑과 이별의 변주곡

사랑의 시작과 끝은 타인으로부터 온다.

발행일 2011년 7월 8일 1판 1쇄 인쇄
2011년 7월 18일 1판 1쇄 발행

지은이 손영미

발행인 황인욱

발행처 圖書出版 오래

주 소 서울특별시용산구 한강로 2가 156-13
전 화 02) 797-8786, 070-4109-9966 (대표)
팩 스 02) 797-9911
이메일 orebook@naver.com
홈페이지 www.orebook.com
출판신고번호 제302-2010-000029호.(2010. 3. 17)

ISBN 978-89-94707-34-1 03810

가 격 12,000원

"사랑의 시작과 끝은 타인으로부터 온다."

어느 날 문득

당신의 인생을

뒤돌아보게 했던 시간,

그 소중한 시간을 응원합니다.

손영미

"사랑의 시작과 끝은
타인으로부터 온다."

손영미 지음

"사랑과 이별의 변주곡 여정"

남자는 매일 아침 구두를 매끈히 닦고 출근을 서두르고, 여자는 거실 카펫에 쌓인 일상의 때를 털어 내고 세탁기를 돌리고 저녁을 지을 때, 결혼을 꿈꾸는 어느 여인은 커피숍에 앉아 방금 미장원에서 새로 한 머리를 매만지고 손거울을 꺼내 화장을 고치며 마음속의 설렘을 얌전으로 가장하는데, 한 남자가 호텔 커피숍 회전문을 서둘러 들어서며 긴장과 설렘으로 결혼할 반려자를 꿈꾼다. 또 세상의 다른 곳, 천장이 높은 거대한 성당 안에서는 '영원'을 약속하는 엄숙한 결혼서약서가 낭독되고 축가가 울려 퍼진다.

하지만 그러한 세상의 다른 한 곳, 재판정에 선 남녀가 서로를 주시한 채 이별의 활로를 되찾으려 아우성이다. 재판정에 함께 들어와 문밖을 나선 후에는 양 갈래 길로 내려서는 남녀는 무엇을 후회하고 아쉬워하며 이제 다시 무엇을 꿈꿀 것인가.

　인류가 공존하는 한 계속되는 남녀의 만남과 이별의 풍경
들을 우리 주변에서 흔히 일어난 에피소드와 우리가 공통으
로 접한 책이나 영화, 드라마의 내용을 인용하며 그려보고자
한다.

　그동안 종합일간지 아시아투데이에 인기리에 연재되었던
글을 묶어 또 한 편의 책으로 독자에게 다가 간다.

　이 글은 주관적 도덕의 잣대를 들이대지도 않으며 무엇을
어떻게 하라는 방법론도 제시하지 않는다. 다만 누군가는 정리
하고 남겨놓아야 할 현시대 남녀의 모습을 담담하고 솔직하게
그려보고자 했다. 세상 남녀가 엮어내는 만남과 이별의 이야
기를 읽으며 자신의 삶을 비교하고 반추하는 계기를 얻게 되
었으면 한다.

손영미

차례

새로운 사랑은 가능할까?

한밤중, 남녀가 격렬하게 서로의 몸을 탐하고 있다. 애린이 체위를 바꾸려고 일어나 창틀에 기대어 섰을 때, 애린 눈에는 침대 아래에 남자가 언젠가 쓰고 버린 콘돔이 보인다. 순간 심한 불쾌감에 휩싸인 애린은 남자의 등에 둘렀던 팔을 내리고 만다. 남자를 벗어난 애린은 서둘러 옷을 챙겨 입고 밖으로 나가버린다.

서로 '사랑'이라는 이름 아래 몸을 섞으며 영원한 결합을 갈구한 지 벌써 몇 년. 이제 남자가 진행하던 프로젝트가 끝나면 그들은 결혼할 예정이었다. 그러나 운명은 서로의 꿈을 고스란히 현실로 바꾸어주지는 않았다. 남자의 일시적인(혹은 빈번한?) 외도가 드러난 지금, 두 사람은 파장을 맞게 되었다.

"그까짓 것 아무것도 아니라고, 한 번만 용서해 달라"고 매달리는 남자를 뒤로 하고 돌아선 밤길에는 찬비까지 내렸다. "남자의 진실이 단지 그뿐이었다"니, 허탈하고 괴로운 마음에 그녀는 며칠을 거의 뜬눈으로 지새웠다. 그녀는 앞으로 다가올 그 어떤 남자도, 사랑도 믿을 수 없다고 생각했다. 멍한 시간을 보내던 애린의 회사 책상에는 서류들이 '미결' 칸에 쌓여갔다. 결국 애린은 남자에 대한 모든 미련을 버리고 일에만 매달렸다.

그렇게 애린은 쓸쓸히 가을의 오색단풍을 지켜보며 스스로를 방치한 채 주말엔 거의 친구들과 밤을 새워 술을 마시고 주중에는 회사 일에 빠져 살았다. 그렇게 일 년 여의 시간을 보냈다. 그 후유증인지 병원에서 우울증 진단에 호르몬제까지 맞아가며 머리는 파뿌리처럼 흐느적거린 채 말이다.

오늘도 애린이 살이 찔 대로 찐 채 흐느적거리는 몸으로 낮은 플랫슈즈를 질질 끌며 집을 나와 오랜 유학생활을 마치고 돌아온 여고동창생을 마중하러 공항으로 향했다. 그런데, 그곳에서 애린은 뜻밖에 짐을 들어준 친구의 외삼촌을 보고 마음을 빼앗기고 말았다.

애린은 '왜 내가 이렇게 허름할 때만 남자는 불쑥 나타나는가?' 하며 속으로 외쳤다.

서둘러 옷매무새를 다듬는 애린, 전혀 예상치 못하게도 지난 사랑의 상처가 언제 있었냐는 듯, 그녀의 심장은 첫사랑 때처럼 다시 천둥처럼 뛰기 시작했다.

과거에, 세상의 모든 남자를, 사랑을 믿을 수 없다고 울면서 내게 수백 번도 말했던 친구 애린은 이제 "내가 그런 말을 했었던가?" 하며 행복한 미소를 지었다.

치명적인 사랑의 볼레로가 끝난 후

시내의 어느 호텔, 달콤한 밀회를 마친 남녀 기현과 세화가 엘리베이터 안으로 들어선 순간, 엘리베이터 안에는 또 다른 남녀, 진우와 연희 한 쌍이 있었다. 늘 그러했듯 애써 서로의 시선을 회피하려지만 그래도 언뜻 보이는 너무나 익숙한 얼굴. 이쪽의 남자와 저쪽의 여자는 갑자기 심장이 쿵하고 내려앉았다.

아침에 1박 2일의 출장 간다고 집을 떠난 남편 진우와 집에 있던 아내 세화가 각기 다른 파트너와 함께 한 공간에서 마주친 것이다.

차가운 이성이 자신을 제어할 수 있는 능력을 가진 고학력 부부인지라 서로 애써 동요를 감춘 채 아무 말도 하지 않는다. 파트너들조차 눈치 채지 못한 듯하다. 현관로비를 내려서자 호텔 종업원은 단골손님에게나 할 수 있는 인사를 건네며 차 번호도 묻지 않고 차량 수배를 서두르니 남자와 여자는 서로에게 어이가 없어 한다.

일 년 여 가까이 서로 다른 상대와 같은 호텔을 드나들었으나 부부는 이제야 우연히 마주친 것이다. 1박 2일로 출장을 떠난다고 아침 일찍 짐을 싸고 나선 남편 진우, 매주 목요일 낮에는 영어 학원 간다며 집을 비우던 아내 세화가 이제 낯선 곳에서 낯선 사람으로 만났다. 각자의 열정적인 사랑의 볼레로가 그친 후, 이들의 배경에는 이제 어떤 음악이 흐르게 될 것인가?

정신없이 집에 돌아온 아내는 평화로웠던 아침을 떠올린다. 개구쟁이 아들을 서둘러 학교로 보내고 곧 이어 남편 진우가 출장 가방을 들고 대문을 나선 후, 화장대에 앉아 그를 만날 설렘으로 화장을 서두르던 아침은 얼마나 행복한 시간이었던가. 결혼 초 거금을 들여 산 짧은 미니원피스를 꺼내 입고 평소엔 잘 신지도 않던 하이힐을 꺼내놓고 앵두처럼 앙증맞은 입술엔 와인빛 루즈를 바르고, 마지막으로 연보라빛 실크스카프를 둘러매던 때는 세상에서 가장 행복한 여자로 바뀌었던 시간이었다.

다시 그 시간으로 돌아갈 수만 있다면…, 아니, 그와 단 5분만 더 그곳에 머물렀다면 엘리베이터에서 마주치는 사고는 없었을 텐데…, 아냐, 모르는 남자와 우연히 같이 탔다고 우겨야지. 그때는 내가 당신의 불륜을 목격해서 말이 나오지 않았다고. 아니, 그게 말이나 되나. 호텔 보이가 아는 척만 하지 않았다면, 그저 아는 남자랑 스카이라운지에서 커피 한 잔 하고 내려왔다고 하면 되는데…." 등등의 생각으로 여자는 불안과 초조로 거실을 배회한다.

그러나 계속 엘리베이터 안에서 만난 남편 진우의 얼굴이 떠올라 미치겠다. 분노와 긴장으로 무장된 살얼음 같았던 눈빛. 세화는 서둘러 남자와 함께 주고받았던 물증들을 없애기 시작한다. 휴대폰 문자도 지웠지만 오늘 만남 1주년 기념으로 받은 진주목걸이를 차마 버리지 못하고 망설인다. "그렇게 만남 1주년 기념파티까지 곁들인 오늘 하필이면"하며 세화는 괴롭고 억울한 생각에 눈물을 흘린다.

결혼 후에는 더 이상 가슴 설렌 사랑은 없을 거라고 여겼건만 그와 함께 지낸 1년은 꿈과 같았다. "사계절을 당신과 함께 하여 행복해요" 라며 뜨거운 키스를 주고받은 지 불과 몇 시간 전. 아, 이젠 가슴 설렌 목요일은 다시 오지 않을 것이라는 생각에 세화는 목이 메어 간다. 언제나 자상하고 따스한 기현. 늘 자신보다 그녀의 안위를 먼저 챙겨준 남자. 이제 그에게 어떻게 이별을 통보해야 하나.

이 상황을 그대로 말하기엔 그녀의 자존심이 허락하지 않는다. 그러나 조용히 그대로 몇 개월 묻어두고 자중해야 한다는 것을 그녀는 잘 안다. 아니 그라면 충분히 이해주리라 믿는다. 이미 호텔을 드나들며 두 사람은 들켰을 때의 문제는 미리 각오한 바이고 사건의 해결은 이제 각자의 가정으로 돌아가는 것이라는 점도 알고 있다.

같은 시각, 진우는 회사에서의 회의에 참석해도 아무 말도 귀에 들어오지 않는다. 계속 아내의 얼굴이 떠오른다. 아내는 평소와는 다르게 화사했다. 결혼 초 말고 평소 한 번도 우아한 자태에 치마를 입은 모습을 본적이 없었다.

그런데 오늘 낮에는 어느 산적 같이 뚱뚱한 놈에게 철석 달라붙어 어디 만날 곳이 없어 호텔에서 마주하는가? 아무리 이해하려 해도 화가 머리끝까지 치밀어 견딜 수가 없다. 결혼 8년째 아내 세화는 한 번도 자신에게 실망을 안겨준 적 없었다.

늘 순종적이고 착하고 한결같이 시부모 잘 챙겨주는 좋은 사람이었다. 그런 아내에게 불륜이라니. 배신감과 분노로 남자는 종일 사무실을 서성거린다.

아내는 아직도 예뻤다. 눈가 약간의 주름을 빼고는 역시 내 아내로 자랑할 만한 자태였다. 그러나 이제 자신의 품을 벗어나 다른 남자에 품을 찾아 헤매고 있다니 더 이상 용서할 수가 없다.

몇 번이고 전화를 걸어 호통을 치려다 만다. 우왕좌왕 답답하여 사무실 문을 뻥뻥 내리치며 쿵쾅거려 영문을 모르는 직원들의 눈총만 산다. 출장을 핑계로 싸 온 기내 가방을 내려다보니 갑자기 낯이 뜨거워진다. 핑크빛 저녁을 기다리는 애인 연희는 이제 안중에도 없다. 이 상황에서 오늘 다시 그녀를 만나 밤을 보내는 것도 불안해서 할 수 없다. 그렇다고 집에 들어가지니 닥칠 어색한 사태를 어찌해야 하나. 하지만 아무리 그렇나 해도 아내 세화를 용서할 수가 없다.

여자가 더구나 아니 아이 엄마가, 뭐 영어 학원? 그 가증스런 거짓말을 믿다니, 가만두지 않을 것이다. 갖은 생각으로 남자는 머리가 아프고 괴롭다. 거래처와의 미팅도 취소한 채 생각에 골몰한 남자 진우. 더 이상의 해결책을 미룬 채 집으로 향한다.

출장을 가겠다던 남편 진우는 들어와 벌써 몇 시간 째 TV 앞에 앉아 있다. 아내는 남편의 눈을 피하여 아이 방으로 주방으로 안절부절못하고 돌아다닌다. 남편이 한밤중에 침실로 들어 올 때 아내는 자는 척 외면하고 남편은 위스키 한 잔을 들이키고 차마 아무 말 못한 채 잠이 든다.

아이가 보는 앞에서는 평소와 전혀 다르지 않는 태도로 그렇게 남편과 아내는 한 집에서 일주일 째, 아내가 TV를 보면 남편은 신문을 펼쳐들고, 남편이 TV를 보면 아내는 신문을 보며 서로가 서로를 온전히 마주하는 걸 피한다. 그러다 남편이 신문을 펼쳐 보며 여자에게 말을 건넨다.

"예전에 어머니는 아버지가 출장가실 때면 으레 가방에 콘돔을 챙겨 넣어주셨지" 그러자 아내가 "맞아요. 결혼 초에 어머니가 제게도 일러 주셨어요." 그리고 아내는 재빨리 한마디를 덧붙인다. "여자도 한 달에 한번 매직에 걸리면 남에 물건을 욕심내기도 해요." 여자의 말이 떨어지기가 무섭게 남편은 신문을 접고 여자를 힐끔 쳐다보며 아내에게 호통 친다. "뭐 하노? 불 안 끄고. 자자!" 여자는 그제야 불안이 가신 듯 빙그레 웃으며 재빠르게 불을 끄고 남편의 품에 살며시 안긴다.

　부부는 이불 속에서 커다란 포물선을 그리며 남자는 그동안 잃었다 되찾아온 자신의 유일한 소장품을 확인하려는 듯 혼신을 다하고, 여자는 둥지를 되찾은 안도감에 최선을 다한다. 마치 오늘밤을 위해 부부는 각기 1년간 외부에서의 섹스 심화 과정을 마치고 돌아온 듯하니, 침대는 밤새도록 심하게 흔들려 잠도 못자고 허리도 아팠다.

　일상에 찌들려 단순 반복되다가 횟수도 뜸해졌던 부부생활, 서로의 불만을 차마 말하지 못하고 외부로 눈을 돌렸던 지난 1년간의 수강(?)은, 참으로 긍정적인 방향으로, 이제 그 부부에게 솔직하게 새로운 자극을 주고받는 행복한 밤을 열어 주었던 것이다.

아쿠아 빛 판타지를 꿈꾸는 가을남자

시리도록 푸른 가을 하늘 아래, 진우는 가방을 들고 빌딩 숲 사이를 걸어간다. 가을바람이 이제 좀 익숙해질 만한데 벌써 겨울 찬바람인가. 진우는 바바리코트의 깃을 세워 걸으며 한동안 잊었던 그녀를 떠올린다. 그렇지, 연희와 처음 만나고 또 헤어진 것도 바로 가을 이때쯤이었을 것이다. 연희를 보지 못한지 벌써 1년이 지났다.

작년, 늘 연희와 함께 밀회를 하던 호텔의 엘리베이터에서 우연히 아내 세화와 마주친 사건의 파장으로 어쨌거나 진우는 연희와의 관계를 정리할 수밖에 없었다. 쉽사리 가정을 버릴 수 없는 진우는 다시 아내 세화와의 갈등을 봉합하고 충실한 남편으로 돌아왔다. 비록 부부 사이에는 커다란 상처가 생겼지만 다행히도(?) 같은 상처를 주고받았기에 그들은 공범자 입장으로 서로를 치유하기 위해 노력해 왔던 것이다.

그래서 진우는 연희에게 그저 '골치 아픈 사정이 있다'는 애매한 말을 마지막으로 더 이상 연락을 하지 않았다. 연희로부터는 왜 만날 수 없냐는 연락이 핸드폰 메시지와 이메일을 통해 계속 왔지만 매번 진우의 회신은 애매하였으며 그 회신의 빈도도 점점 느려지더니 결국 노코멘트로 변해 버렸다.

진우는 자기 몸이 하나밖에 없다는 사실을 이때만큼 절실히 느낀 적이 없었다. 가정에 대한 윤리적인 죄의식이 있다면, 또 연희의 대한 인간적 죄의식도 당연히 있었다. 사회는 가정의 편이지만, 진우가 연인을 버린 것은 명백한 인간적인 배신이었다. 단지 그것은 아무도 죄를 묻지 않는 극히 개인적인 문제이므로 본인이 직접 자기를 재판하고 형을 내린다.

대개의 경우, 거의 무죄이거나 벌금형으로 스스로 종결해 버린다. 어쨌거나 그는 애써 없는 일도 만들어가며 회사 일에 몰두하여 연희를 잊고자 했다. 그래서인지 밤에는 더욱 아내를 탐했고 그것이 결과적으로는 가정의 안정을 찾아주는데 도움이 된 것 또한 사실이었다.

그런데 그게, 다시 찾아온 스산한 가을 날씨 때문이었던 가……. 연희가 생각나는 나날이 이어졌다. 오늘 거래처를 갔다 돌아오는 길, 문득 눈에 들어온 간판에 가슴이 쿵하고 울렸다. 빌딩에 걸린 간판은 A피트니스센터. 연희를 처음 만났던 곳이다. 혹 연희는 지금 저 안에 있지 않을까.

문득 연희의 몸이 떠올랐다. 수영으로 단련된 연희는 매번 진우의 위로 올라가기를 좋아했다. 연희의 적극적인 자세는 시각적으로도 그를 흥분시켰다. 그때의 장면들이 영화의 한 장면처럼 떠올랐다. 진우의 심장은 갑자기 거칠게 뛰었다. 시리도록 푸른 하늘 아래 이토록 가슴이 저려왔던 것은 내가 연희를 만나지 못했기 때문이리라. 연희를 보지 않고서는 도저히 가라앉지 못할 가슴이다.

진우는 피트니스센터의 회전문을 지나 안내데스크에서 키를 받아들고 재빠르게 운동복을 갈아입었다. 오랜만에 연희에게 전화를 했다. 그러나 연희는 전화를 받지 않았다. 서둘러 운동복을 입고 헬스장을 샅샅이 뒤져도 연희는 보이지 않았다.

다시 수영복을 갈아입고 수영장으로 향했다. 수영장에서 부딪히는 모든 여자가 다 연희처럼 보였다. 상큼하게 짧은 단발머리를 하고 내게 다가섰던 연희. 귀밑에서 은은하게 흘러 퍼지는 후레쉬한 풀빛 크리스찬디올 향에 취해 그만 나도 모르게 연희의 뒤를 따르던 때의 설렘이 다시 돌아온 듯하다. 잘록한 허리에 볼록한 엉덩이를 치켜세우고 물개처럼 물을 가르던 모습이 지금도 아찔하게 눈앞에 떠오른다.

시간이 지나가며 진우의 발은 물에 불었다. 연희는 이제 이 시각 이곳에 오지 않을 모양인가. 아니 영영 자신을 피해 다시는 찾을 수 없는 곳으로 떠나 버렸는지도 모른다. 곳곳을 헤매다 지친 진우는 흰 벤치에 몸을 뉘이고 슬며시 잠이 든다.

수영장 안은 사람들 말소리로 가득하다. 유리알처럼 구르다 다시 되돌아가는 듯 말들이 부딪히다 휘감기듯 웅성거린다. 높은 유리 천장으로 들어오는 가을 햇살이 눈부시게 진우의 얼굴로 가슴으로 파고든다. 진우는 하반신을 길게 늘어뜨린 채 검은 선글라스를 끼고 오랜만에 여유로운 휴식을 취한다.

멀리서 아쿠아 빛 수영장 물살을 가르는 여자들의 웃음소리가 들리고, 터질듯한 가슴선이 한 눈에 들어온다. 진우는 시선을 가려주는 블랙의 선글라스를 통해 뚫어져라 훔쳐본다. 이어 스피커에서는 유키 구라모토의 '루이스 호수' 의 감미로운

 사랑의 시작과 끝은 타인으로부터 온다

피아노 선율이 파도처럼 흘러온다. 그러자 진우의 몸 일부가 꿈틀거린다. 진우는 놈을 겨우 달래며 서서히 눈을 감는다.

이어 그녀의 웃음소리가 들려온다. 연희는 길게 그리고 여유롭게 호흡을 가다듬으며 양 팔을 위 아래로 차례로 뻗어가며 배영으로 물살을 가른다. 진우는 참으로 오랜만의 재회를 반기듯 접영으로 가파르게 물살을 가르며 깊고 거칠게 파고든다. 진우는 정말 오랜만에 길고 달콤한 절정의 순간을 느낀다. 물살에 몸을 맡긴 연희는 배영으로 누워 길고도 여유로운 호흡으로 진우와 절정을 함께한다. 간간히 연희의 붉은 입술이 아쿠아 빛 물살과 어우러져 물속을 잠겼다 뜨는 모습을 더 오래 지켜보고자 진우는 절정의 순간을 참으려 애쓴다. 진우는 또 한 번의 긴 트랙을 돌아 접영으로 숨 가쁜 밀어를 속삭인다. 그들의 머리 위로 한낮의 햇살이 서서히 어두워지기 시작한다.

진우의 호흡이 거칠게 절정에 이를 때쯤, 누군가가 살며시 발을 잡아끌었다. 연희다! 아니다. 흰 두건을 쓴 청소아줌마였다. 눈을 뜬 진우는 허둥지둥 연희를 찾았다. 수영장 안은 벌써 어두운 저녁이었다. 연희는 끝내 보이지 않았다.

스산한 가을, 연희가 다시 보고 싶다. 그러나 동시에 떠오르

는 생각은, 아무 일 없이 이 아픈 가을이 빨리 지나갔으면 하는
것이었다.

당신에게 사랑의 마침표를…….

가을이 가는 길목, 연희는 왠지 진우의 전화가 기다려진다. 피트니스센터에서 처음 만났고 어느 날 갑자기 떠나간 진우는, 언젠가 공원의 벤치에서 하늘을 쳐다보며 자신은 가을을 앓는 남자라고 말을 한 적이 있다.

이제 다시 가을이 찾아왔는데, 그때와 다름없이 하늘은 눈이 시리게 아름다운데, 진우에게서는 여전히 연락이 없다. 무슨 문제가 있다며 연락을 끊어버린 그가 처음에는 몹시도 미웠지만 어차피 그런 관계니 쉽게 잊으려 했다.

하지만 서로가 절정에서 마음과 몸을 탐닉할 때 갑자기 헤어져서 그런지, 아직도 진우의 미소와 숨결이 떠오를 때면 불현듯 눈물이 치솟았다. 그러나 그로부터는 아무런 소식이 없다.

연희는 봄의 설렘보다 가을의 쓸쓸함이 더 견디기 힘들었다. 아직도 소녀처럼 가을바람에 떨어지는 낙엽만 보아도 가슴이 아팠다. 그래서 진우가 유부남인지 알면서도 정신없이 사랑에 빠졌는지도 모른다. 다시 가을이 오고, 진우의 전화를 기다리다 지친 연희의 몸과 마음은 거의 무방비 상태가 되었다.

인터넷 카페를 통해 만나 친구처럼 지내며 가끔씩 술자리를 하던 기현이 최근에 다시 적극적으로 접근해 왔다. 지난 주말에는 취했던 탓인지 기현이 좀 멋져 보인다는 생각에 기현의 여행 프러포즈를 덜컥 승낙해 버렸다.

기현의 자동차는 이미 서울 외곽을 빠져나가고 있다. 하지만 기현을 받아들일 수 있을지에 대해서는 아직 확신이 없다. 마음의 확신은 없는데 몸은 이렇게 따라가고 있다니!

하지만 연희는 최근 가슴의 무거운 체증으로 바람을 쐬고 싶었다. 서울을 벗어나 한적한 곳으로 마냥 달리고 싶었으며 동행자는 누가 되어도 상관없다고 생각할 때 기현이 앞에 있었다.

이미 들녘은 누런 옷으로 갈아입고 농부의 손길을 기다리고 있다. 그녀는 창밖으로 손을 내밀어 가을바람을 맞는다. 싱그러운 바람에 날린 붉은 낙엽 몇 장이 연희의 손끝을 스치고 지나간다. 그녀를 마중하듯 도로변에는 하늘거리는 코스모스가 고개를 높이 세우고 흐드러지게 피어 있다.

기현은 여행에 들떠서인지 연희에게 최상의 배려를 다한다. 운전 실력을 뽐내듯 카레이서처럼 도로를 질주한다. 두 사람은 간혹 음악에 취해 흥겹게 멜로디를 따라 부르기도 하지만, 간간히 흘러나오는 슬픈 멜로디에 연희는 혼자 촉촉해진 눈을 차창 밖으로 돌린다.

연희의 휴대폰 벨소리가 요란하게 울린다. 계속 이어지는 벨소리에도 받지 않는 연희에게 뭐라고 하는 기현. '삐리릭~~' 곧 문자가 연이어 온다. 기현은 더 이상 궁금함을 참지 못하고 연희의 휴대폰을 빼앗아 문자를 보고는 툭 내던지듯 돌려준다. 그동안 점잖게 연희에게 최고의 배려를 다하던 기현은 그 모습이 언제였냐는 듯 굳은 얼굴이다.

'사랑해! 보고 싶었어. 너무 오랜만이지…. 내가 너무 소원했어. 미안해! 오늘 꼭 하고 싶은 말이 있어. A 피트니센터야. 올 거지? 기다릴게. ♥♥♥'

그녀는 휴대폰을 열어 보고는 애써 놀란 표정을 숨기고 다시 닫는다.

기현은 속도를 더 높여 질주한다. 연희는 말이 없다. 그러다 숨이 막힐 듯 그가 갑자기 보고 싶다는 생각에 연희는 갑자기 여기서 내려달라고 한다. "너 미친 게 아니냐."는 기현의 말이 귀에 들어오지 않는다. 잠시 후 연희는 차에서 내리고, 차는 화난 뒷모습을 보이며 달려간다.

어스름 저녁 길, 그녀는 이제 자유롭다는 생각을 한다. 저녁 노을이 붉게 물든 하늘 아래의 길, 그녀는 이곳이 어디쯤인지는 어떻게 갈 것인지 두려움도 잊은 채 홀로 걸어간다. 연희에겐 그건 그리 중요치 않다. 다만 가슴 저리게 그가 보고 싶다는 것. 그리고 사랑하지도 않는 남자와 잠시라도 함께였다는 사실이 더욱 싫다. 간간히 차창 밖으로 얼굴을 내밀고 소리치는 남자. 낄낄거리며 야유를 퍼 붇는 남자. 어디 가냐고 태워준다며 몇 대의 차가 멈췄다가 '미친년' 비슷한 말을 남기고 다시

 사랑의 시작과 끝은 타인으로부터 온다

떠났다.

 연희는 아무런 부끄러움이나 두려움이 없다. 설상 누군가의 차에 치어 죽더라도 아무런 책임을 묻지 않을 만큼 심장은 가볍다. 얼마쯤 걸었을까. 얼굴은 먼지를 뒤집어써서인지 뻑뻑하다. 진우를 다시 만나려니 그동안의 가슴 앓던 시간이 주마등처럼 지나간다.

 '못된 남자. 한마디 말도 없이, 제대로 된 변명도 없이, 이제 어쩌라고…….' 연희는 아무런 답을 찾지 못한 채 울먹인다. 흰 남방셔츠의 단추가 풀어져 한쪽 젖가슴이 드러날 듯하다. 바람이 불어올 때마다 미니스커트 안의 허연 허벅지가 드러난다. 왼손에는 핸드백, 오른손에는 부러진 한쪽 하이힐을 든 채, 연희는 이제 영락없는 거리의 여자 꼴이다.

 연희는 바그다드 카페에서 남편과 함께 여행 중 사막에 버려져 황량한 사막을 홀로 질러가는 야스민이 된 기분이다. 'Calling you' 를 허밍으로 부르며 걸어간다.

 이제 저 멀리 어느 도시의 찬란한 불빛이 눈에 들어온다. 날도 어두워지고 서서히 배가 고파진다. 그리고 다시 기현이 궁금해진다. 많이 미안하다. 그렇게 내리는 게 아니었다. 버스정거장이 보인다. 정거장의 벤치에 앉아 여민 단추를 채운다.

 잠시 가만히 앉아 있던 연희는 핸드폰을 꺼내 진우에게서

온 문자를 지운다. 그리고 한동안 망설이다가 진우의 번호를 수신 거부로 처리해 버린다. 지난 1년간 영문 없이 버림받았다는 감정은 견디기 힘들었다. 하지만 오늘 연희가 남자를 버렸다. 다시 만나자는 오늘의 메시지는 오히려 연희에게 사랑의 마침표를 찍게 하였다.

'안녕, 나쁜 남자… 이제 추억의 한 페이지는 넘어갔어.'

연희는 진우를 보내기 위한 마지막 의식을 마친 듯 가슴이 후련하다. 아니 뭔가 심장에서 큰 불덩이가 확 하고 빠져 나간 듯 그동안 먹먹했던 가슴이 가벼워진다.

갑자기 하늘에서 빗방울이 한 두 방울씩 떨어진다. 핸드백을 들어 머리를 가리고 달려보지만 이젠 소용없다. 연희는 점점 젖어가고 있다. 어둑해진 도로가 무섭게 느껴진다. 흰 셔츠는 비에 젖어 연희의 가슴이 가로등빛에 그대로 윤곽을 드러낸다. 그녀는 서서히 추위로 온몸이 떨려온다. 이제 아무 차라도 붙잡아야 할 것 같다.

순간 연희는 갈등한다. 어떻게 손을 들어야 하나……. 엉거주춤 손을 들어보지만 차들은 밤의 여귀를 본 듯 더 빨리 달아난다. 그때쯤 흰 승용차 한 대가 빨간 미등을 깜빡이며 연

 사랑의 시작과 끝은 타인으로부터 온다

희의 앞에 서 있는 것이 보인다. 앞문을 열고 내리는 남자는 기현이다.

잠시의 충동적인 방황을 참고 기다려준 기현이 고맙다는 생각에 코끝이 찡해 온다. 비에 젖어 애처로운 강아지를 다루듯 기현은 자신의 외투를 벗어 연희에게 입히고 차에 태운다. 연희는 이제 순한 양처럼 기현에게 몸을 맡긴다. 기현은 마치 어린아이를 다루듯 차의 난방을 올리고 트렁크에서 담요를 꺼내 덮어준다. 연희는 따스해진 의자를 뒤로 젖히고 살며시 눈을 감는다.

그녀의 얼굴로 기현의 까칠한 수염이 스친다. 순간 따가워 눈을 떴지만 다시 감는다. 용기를 얻은 기현의 입술은 이내 성급하게 파고든다. 기현의 손은 담요 밑으로 들어와 연희의 가슴으로, ·배로, 마치 조각가가 자신의 작품을 만지듯 부드럽게 어루만진다.

지나가는 차들의 바람소리가 어렴풋하게 들리는 가운데, 연희는 자신의 몸 깊이 파고드는 기현을 부드럽게 받고, 이내 찾아온 절정의 순간, 기현을 으스러지도록 감싼다. 절정을 내려와 잠든 기현의 옆얼굴을 그녀는 바라본다.

나는 기현을 사랑하는가? 그것은 아직 모르겠다. 하지만 그녀가 새로운 사랑을 받아들일 공간을 비워놓은 오늘, 기현이 들어 왔다. 기현은 자신이 타이밍을 잘 잡았다는 사실도 모른 채 잠에 빠져 있다.

 사랑의 시작과 끝은 타인으로부터 온다

떠나버린 사람,
떠나보낸 사랑

멀리 보이는 북한산은 절정의 단풍으로 붉게 타오르고 있다. 산을 넘어온 북풍이 이 도시에 휘몰아치면 거리의 나뭇가지는 가을의 끝자락을 놓지 않으려는 듯 몸부림치지만 이내 잎사귀들을 우수수 떨어뜨리며 말라만 간다.

진우는 출장 가방을 차에 실으며 연희를 떠올린다. 언제나 이지적이고 차가웠지만 늘 남자를 기다리며 유부남 애인을 위해 최선의 배려를 다했던 그녀. 그러나 전화마저 수신거부로 격리된 지금, 이제 더 이상 연희에게 다가갈 수 없다는 사실에 가슴은 답답하다.

진우의 차는 지방도로를 달리고 내비게이션의 도착 예정 시간은 저녁 7시를 알린다. 다음 날 아침 9시부터 거래처와의 미팅이 잡혀 있다. 사실 내일 새벽 비행기를 타고 가도 문제는 없지만, 집에서 지내며 아내에게 우울한 속마음을 들키고 싶지 않았다. 진우는 차가워진 날씨를 의식하듯 난방을 올리고 FM 라디오를 켠다. 낭랑한 여자 아나운서의 목소리는 오늘 밤 늦게 한 차례 첫눈 예보를 알린다.

진우는 길게 담배 한 대를 피워 물고 연희를 어떻게 내려놓아야 할지 잠시 고민한다. 그러나 그러면 그럴수록 연희의 웃음소리가 미소가 떠오르고 또 그 생각은 둘이 함께 있던 호텔 방까지 달려간다. 위에서 내려다본 연희의 허리와 둔부의 선은 마치 달항아리 같은 이조백자의 아름다운 선을 연상시켜 진우는 뒤에서 연희를 많이 사랑했다.

그러나 더 이상 볼 수 없는 백자. 그 동안 은행 금고에 놓아두었다고 생각한 백자에 접근할 키를 분실한 것인가. 백자를 누가 훔쳐간 것인가. 백자가 스스로 깨져버린 것인가. 이런 생각이 떠오르자 진우는 아쉬움이 섞인 분노가 치밀어 자신도 모르게 액셀러레이터를 힘껏 밟았다.

급한 마음에 내달린 자동차는 목적지인 지방 도시에 시간 반 일찍 도착했다. 호텔 방에 들어가 노트북을 인터넷에 연결하여 약간의 업무를 처리한 후, 곧 밖으로 나왔다. 허름한 기사식당에 들어가 소주와 함께 저녁을 먹었다.

그리고 주위를 잠시 배회하다가 예전에 가끔 외국 바이어와 함께 간 적이 있던 카페를 찾아갔다. 오랜만에 찾은 카페는 주인이 바뀐 듯 낯선 인테리어가 눈에 들어왔다. 오색찬란한 무지갯빛 조명이 천정에서 무한궤도로 돌아가고 자그마한 무대에선 사랑의 칸초네 '토네로(Tornero)'가 흐르는 가운데 남녀가 블루스를 춘다. 혼자 앉은 진우는 테킬라의 깊은 맛을 음미하며 음악에 취한다.

어느덧 음악은 십여 년 전으로 진우를 데리고 간다. 그때도 미국 바이어와 이곳을 찾았다. 그때 옆자리에 앉았던 여종업원 루와의 잊지 못하는 사연이 떠오른다.

허리의 실루엣이 그대로 드러나는 블랙 원피스를 입은 루는 화장도 그리 진하지 않아 아직 술집 여자의 냄새가 배지 않았다. 단지 찰랑거리는 머릿결에서 풍기는 샴푸 냄새가 그녀의 향기 전부인 듯하였다. 블랙 원피스 속으로 느껴지는 가슴의 볼륨이 진우를 설레게 하였다. 진우는 미국 바이어와의 대화 중간 중간에 달콤한 말로 루를 유혹했다. 아니, 달콤한 말이 아니었더라도, 외국인과 대화를 나누는 진우의 모습은 이미 루에게는 견딜 수 없는 매력으로 보였던 것 같다.

으레 그렇듯 큰 기대는 없이 진우는 루에게 호텔 룸 넘버를 살짝 알려주고 카페를 나섰다. 바이어를 방에 들여보내고 자기 방에 들어온 진우는 샤워를 하고 TV를 보았다. 1시간이 지나도 카페의 루로부터는 연락이 없다. 그렇지 뭐. 잠이나 자야지. 진우는 침대에 누워 담배를 피우며 루의 몸을 생각한다. 원피스를 벗기면 불룩한 가슴이 드러나고 브래지어를 내리면 흰 젖무덤이 용수철처럼 툭 튀어 오르고 그리고…….

따르릉 전화 벨 소리에 진우는 깜짝 놀라 잠이 깼다. 침대 옆의 전자시계는 벌써 1시를 가리키고 있었다. "오빠, 자요? 나 아까 카페 루인데, 놀러가도 돼?"

진우는 서둘러 일어나 가운을 입고 머리를 매만진다. 그리고 지갑의 현찰을 세어보고 안심한다. 잠시 후 방의 초인종을 누르고 들어온 루는 겸연쩍은 미소를 보낸다. 별로 여자 경험이 없던 신입사원 때의 진우는 상황이 어색하여 지금까지의 온갖 간접 경험을 최대한 살려 대응한다.

아마 진우보다 루가 상황을 리드하였던 듯하다. 성급하고 미숙한 섹스가 끝났다. 둘은 담배를 나누어 피우며 한 동안 대화를 나누었다. 나눈 말 중에 지금 진우가 기억하는 것은

루는 강원도에서 이곳으로 돈 벌러 왔다는 말뿐이지만, 기억 속의 장면에는 여느 애인과 다를 바 없이 잔잔한 정이 흐른다. 루는 집주소와 전화번호를 쪽지에 적어주고 일어났다. 문을 나서는 루에게 진우는 지갑에서 돈을 꺼내 건넸다. 그러냐 루는 한사코 받지 않았다. 진우가 오히려 미안해졌다.

그 후 루는 다시 만나지 못한 채 십여 년의 세월이 흘렀지만 진우는 이 도시에 올 때마다 카페의 루를 생각했다. 그날 밤 루가 돈을 받았다면 아마 진우는 그녀를 까마득히 잊었을지도 모른다. 오늘 이 카페에 다시 와서 진우는 연희를 잠시 잊고 루를 생각한다.

사랑에는 여러 모습이 있다. 연희와는 1년이나 만나 사랑을 했다. 루는 단 한 번 만났을 뿐이다. 하지만 이효석의 '메밀꽃 필 무렵'에서 물레방앗간의 하룻밤 사랑이 들판에 메밀꽃으로 가득 피듯, 짧은 시간이나마 마음을 주고받은 순간의 사랑 또한 아름답다.

무겁고 가벼운 무게의 차이만 있을 뿐이다. 그래, 루와의 하룻밤 사랑이 잊히지 않듯, 그렇게 연희와의 사랑도 세월이 흐르면 아름다운 기억으로 남겠지……. 다시 영화 '초원의 빛'의 장면이 떠오르고 진우는 워즈워드의 '초원의 빛'의 한 구절을 낮은 소리로 읊조린다.

활짝 핀 꽃과 빛나던 초원의 시간을
아무도 되돌릴 수는 없지만
우리는 슬퍼하지 않으리
오히려 그곳에 남은 의미를 찾으리

(Though nothing can bring back the hour
Of splendor in the grass, of glory in the flower
We will grieve not, rather find
Strength in what remains behind)

 사랑의 시작과 끝은 타인으로부터 온다

사랑의 오버랩, 남자의 양다리

남편이 지방 도시로 출장을 떠난 후, 아내(세화)는 클래식 음악을 틀어 놓고 진한 커피를 한 잔 마시며 작년에 헤어진 남자 기현을 떠올렸다.

작년 가을, 평창동의 한 갤러리에서 열린 콘서트에 참석한 세화는 음대 동창의 소개로 동년배의 성악가 기현을 만났다. 콘서트가 끝나고 열린 파티에서 세화는 기현과 둘이 조용한 대화를 나누며 첫눈에 기현의 시선이 흔들리는 것을 느꼈다.

그것뿐으로 끝났으면 아무 일도 일어나지 않았겠지만 기현의 주파수와 세화의 그것이 공명하였는지 세화의 가슴에도 예기치 못한 파문이 일었다.

그것은 회사일로 바쁘다며 매일 늦는 남편(진우)에게 소외당하며 지낸 세월 속에 잠들었던 사랑의 욕망이 오랜만에 눈 뜨는 순간이었다. 단조로운 일상에 건조하기만 하던 가슴에 파문을 일으킨 기현과의 두렵고 은밀한 사랑의 행로는 그렇게 시작되었다.

세화의 생일이 이틀 지난 날에 기현은 한 다발의 장미를 건네며 내년 생일에는 멋진 이벤트로 세화를 세상에서 가장 멋진 여인으로 태어나게 해주겠다고 말했다. 그러나 바로 그날, 호텔 엘리베이터에서 우연히 남편과 마주친 사건이 터질 줄이야……. 이제 더 만날 수 없다는 세화의 전화 연락에, 기현은 피치 못할 상황을 인정하니 물러나겠다고 했다. 그렇지만 1년 후 당신의 생일 날 꼭 다시 만나자고, 연락을 하겠다는 말을 남겼다.

남편과는 피차 공범이긴 했지만 불륜의 발각은 이 사회에서는 여자이자 아내에게는 더 치명적 리스크이기 마련이라 이를 만회하기에는 긴 시간이 필요했다. 다행히도 남편의 배려와 그녀의 노력으로 부부 간의 상처는 외과적 수술로 일단 봉

합됐다.

　그러나 그녀는 기현에 대한 그리움이 사라지지 않았다. 차라리 좀 더 많은 시간을 보내 서로의 약점을 드러내며 싸우기라도 했다면 이렇게 아프지는 않았을 것이다. 세화는 온종일 집안일로 온몸이 파김치가 되도록 혹사하며 기현을 내려놓으려 했다. 쉽지는 않지만 그렇게 견뎌냈다.

　그렇게 지내온 1년, 어젯밤 남편이 2박의 출장을 떠난다는 말을 꺼냈을 때 진우는 오늘 아내의 생일에 대해서는 일언반구도 없었다. 무심한 진우에게 아내의 생일조차 기억못한다고 따져볼까도 생각했지만 문득 기현과의 1년 전 약속이 떠올랐다. 사실 기현의 연락이 와도 만나지 않겠다는 생각을 하고 있었지만 또 다시 드러난 진우의 무심함은 세화에게 다시 자기 행동의 당위성을, 변명거리를 부여해 줬다.

　오늘 세화는 기현을 떠올리며 하루 종일 설랬다. 3시에는 대학 동창들과 '삼손과 데릴라' 오페라 관람 약속이 있지만 저녁에는 기현을 다시 만날 수 있을 것이라는 기대에 오전부터 바쁘게 움직였다. 그동안 방치했던 몸의 일부를 잠 깨우듯 아침 일찍부터 요가를 다녀오고 사우나에서 부은 몸의 땀을 빼고 가볍게 얼굴 마시지도 하고 네일아트로 길고 가는 손을 깔

끔하고 부드럽게 다듬고, 길고 긴 속눈썹을 붙여 눈을 깊고 아늑하게 가꾸었다.

돌아오는 길에는 기현과 헤어진 후 한 번도 매만지지 않고 질끈 묶어두었던 머리를 풀고 우아한 웨이브 드라이로 찰랑거리는 머릿결을 만들었다. 집에 돌아오자마자 장롱 문을 열어제치고 거울 앞에서 한 시간이나 패션쇼를 하듯 옷들을 골라냈다.

트위드 재킷, 퀼팅백을 골라내고 1년 전 기현이 선물한 뒤 한 번도 목에 걸어보지 못한 진주목걸이까지 걸었다. 마지막으로 블랙 미니드레스를, 그리고 앞코의 색상이 다른 투톤 컬러 슈즈를 꺼내 신고 마무리로 No.5 샤넬 향수를 가볍게 뿌렸다. 그렇게 세화는 비밀스럽고 은밀한 일탈을 위한 스페셜 세팅을 마치고 집을 나섰다.

공연장에 도착할 때까지도 기현으로부터는 연락이 없었다. 오늘 기현이 1년 전의 약속을 기억해 주기를 바랄 뿐이다. 기현을 향한 내 사랑이 설사 마지막이 된다 하더라도 꼭 한 번은 만나고 싶었다. 아니, 정말 마지막으로 꼭 한 번만 만나겠다고 다짐했다. 세화는 공연 도중 휴대폰을 수시로 열어 봤다. 그러나 아직 기현에게서는 연락이 없다. 휴대폰 폴더를 열어 볼 때마다 그녀는 기현의 연락이 오기를 예수님과 부처님까지 기대

며 빌었다.

무대에서는 '그대 음성에 내 마음 열리고'가 감미로운 곡조로 공연장 안을 깊고 우아하게, 때론 처연하게 울려 퍼진다. "그대의 음성에 내 마음 열려요. 아침의 키스에 꽃잎이 열리듯 사랑하는 그대여! 눈물을 없애기 위해 다시 한 번 음성을 들려줘요. 그 옛날의 약속, 사랑의 말을 들려줘요……." 와인 빛 드레스를 입은 여자 소프라노가 부르는 절정의 아리아는 기현을 향한 그리움에 더욱 절실하게 가슴에 스며들었다.

작년, 정릉의 작고 아담한 카페 안에서 촛불을 사이에 두고 둘은 앉았다. 오롯이 둘만의 얼굴을 내밀어 밖을 볼 수 있는 창과 마주 오는 종업원과 몸을 비켜서지 않으면 오갈 수 없는 네댓 평의 공간에서 둘이 나눴던 감미로운 대화, 그리고 자연스레 이어진 첫 키스의 추억을 떠올리며 절정의 아리아에 빠져들 쯤 세화의 손에 든 휴대폰이 몸부림치듯 흔들렸다. 기적처럼 기현의 메시지가 왔다. 공연이 끝나고 친구들의 수다를 뒤로 하고 세화는 약속장소로 달려갔다.

듬직했던 기현은 많이 수척해 보였다. 그러나 이내 서로의 안부를 묻기보다 서로의 몸을 빨리 안고 싶다는 암묵의 동의로 기현의 흰색 승용차는 1년 전의 그 장소로 달려갔다.

"잘 지냈어요.……?" 기현의 굵은 바리톤 목소리가 들려오는 순간 세화는 온몸이 촉촉이 젖기 시작했다. 운전하는 기현의 손을 살며시 잡으며 세화는 "나의 멘토가 되어 주겠다는 말 아직도 기억해요"라고 말했다. 기현은 세화의 젖은 눈을 훔쳐보며 운전 중에도 세화의 손을 입술을 가슴을 손으로 어루만졌다. 사랑은 그렇게 보여지는 게 아니라 느껴지는 것이라 것을 기현을 통해 알았다.

호텔에 도착한 둘은 방 안에 들어서자마자 격렬한 포옹을 했다. 그리고 깊고 감미로운 키스……. 기현은 세화의 손을 끌어다가 자신의 불룩한 바지 앞섶에 갖다 대고 말했다. "아까부터 나 힘들었어." 그러자 세화는 대답 대신에 서둘러 침대로 기현을 이끌었다. 뱀처럼 뒤엉키는 몸. 기현의 상징은 왜 그동안 나를 버렸냐는 듯 성난 돌망치처럼 거칠게 내려쳤다. 이제는 놓지 않겠다는 듯 세화의 상징 속 세포들은 붉은 석류 알처럼 터지며 기현의 돌망치를 세게 당기고 조였다. 두 사람은 그렇게 지난 1년간의 사무침을 격한 몸부림으로 말했다.

기현은 오랜 고독을 벗어나 모처럼 연희를 사랑하게 되었고 최근에 그 사랑을 막 쟁취하였다고 생각하고 있다. 그러나 며칠 후 기현은 1년 만에 세화에게 연락을 하여 지금 순간적으로 사랑의 양다리를 걸치게 되었다. 영화의 장면이 오버랩 되며 바뀌듯 그렇게 기현의 과거와 현재의 사랑이 오버랩 된 후에 바뀔 것인지, 아니면 연희와의 사랑은 세화와의 긴 러브스토리 안에 잠시 끼어든 삽화가 될 것인지는 기현에게 달린 듯하다. 왜냐하면 세화의 경우, 머리는 마지막 한번을 명령하였지만 몸은 현재 말을 듣지 않기 때문이다.

원더풀 투 나잇

마른 들판에는 새들만이 날아다니며 쓸쓸함을 더해 가고, 회색빛 하늘에는 금방이라도 눈발이 흩날릴 것 같은 초겨울의 고즈넉한 오후, 도심 외곽 호텔에 세화와 기현은 아직도 남아 있다. 모르는 연인들은 제각기 사랑의 몸을 나뉘고 모두 다 떠나가고 없다.

참으로 오랜만에 평온하고 행복한 밀회였다. 두 사람이 격정의 몸을 나누고 하룻밤을 온전히 함께 한 시간이었다. 한가로이 늦은 아침을 함께하고 다정히 남한강변을 바라보며 커피를 마실 때 세화는 참으로 가슴 벅찬 행복감을 느낀다.

남편이 2박 3일 출장을 간 어제, 세화는 갑자기 친구가 병원에 입원해서 돌봐줄 이가 없어 간호한다고 둘러대고 아이를 친정 엄마에게 맡겼다. 그리고 기현과 함께 밤을 보냈다. '아니, 오늘이 마지막이야! 마지막……' 세화는 다시 외도하지 않겠다는 지난 1년의 노력이 물거품으로 변하고 있는 지금, 기현에 대한 감정이 절실하면 할수록 죄책감도 커져 간다.

두 사람은 호텔을 나와 북한강과 남한강 물줄기가 서로 만나는 두물머리 언덕을 산책한다. 간혹 기현이 사람들의 시선을 피해 어깨를 감싸기도 하고 손도 잡고, 세화의 볼에 살짝 입을 맞추기도 했다. 두 사람은 그렇게 자연스러운 연인이나 부부로 보인다.

둘은 강으로 산으로 자연의 향기에 취해 1년만의 재회를 보상이라도 받는 것처럼 오랜만에 자연 속에서 평화롭다. 한때는 기현에게 세화가 바람이었으나 지금은 마음이 되고, 한때는 세화에게 기현이 사무친 그리움이었으나 지금은 사랑으로……. 내일이면 또 타인이 될 사이가 되더라도 지금 이 순간만큼 두 사람은 그렇게 정겹기만 하다.

 사랑의 시작과 끝은 타인으로부터 온다

강줄기 따라 걷던 기현이 멈춰서 세화에게 일러준다. "자연은 있는 그대로 자신을 내보이며 계절의 순응하는데 우리의 마음만 매번 흔들리고 있어. 이 모든 마음들이 허상을 만들고 허물기도 하지." 세화는 발그레한 미소를 지으며, "우리의 미망과 허상이 어디쯤 정착할까요?" "마음을 정(淨)하게 하고 마음을 명(明)하게 하면 정착도 멀리 있지 않아." "당신은 분명 도인이군요. 수행이 아주 잘 된. 그러니 제 맘을 훔쳐갔죠." "하하하 그런가!" 기현은 너털웃음을 짓는다. 두 사람은 오랜만에 유쾌하게 활짝 웃는다. 세화는 순간 기현에게 당신이라면 '꿈이어도 사랑할래요' 라고 외치고 싶었지만 꾹 참아낸다.

억새풀에 연분홍빛 산국화가 세화를 닮았다는 기현의 말에 세화는 볼을 붉게 수줍어하며 맞잡은 두 손은 그렇게 산중턱 절벽 위 아스라한 절 수종사에 다다른다. 운길산의 줄기와 정기를 품고 망망대해를 바라다보는 대웅전 앞에서 세화가 가벼운 목례 기도를 드릴 쯤 기현은 대웅진을 비껴서서 번 산능성을 바라보며 이제 가슴 한구석으로 다시 들어온 세화를 어떻게 내려놓아야 할지 생각한다. 몇 번 연희의 메시지와 전화가 왔지만 기현은 거짓 메시지를 보내며 오늘만은 세화를 위해 최선을 다하자고 다짐한다.

대웅전 뒤뜰 절벽 아래 온통 산으로 둘러싸인 산사로 날아온 새가 성불하듯 두 사람 머리 위를 휘돌아가고 쳐다본 하늘은 금방이라도 눈을 몰고 올 것 같이 스산하다. 세화가 기도를 마치고 다가오고 기현과 세화는 산사 바람의 심연 속에 가슴을 펴고 호흡을 가다듬는다. "이런 곳에 절을 세운 이의 마음은 아마도 무심(無心)의 마음이었겠지." 기현이 이별의 시간을 예감하듯 덤덤하게 말한다.

그러자 세화가 기현에게 다가가 손을 잡는다. 기현은 그녀 손의 따스한 온기를 느끼며 먼 산을 바라다보고 또 때로는 그녀를 지그시 바라보며 베토벤의 'Ich Liebe Dich(그대를 사랑해)'를 부른다. 기현의 울림은 한적하고 고즈넉한 절간 안팎으로 흐른다. 마치 등을 바라보는 세화의 대한 안타까운 사랑 앞에 목놓아 우는 맘이 절절히 흐른다. 세화는 기현의 가슴 저린 사랑의 프러포즈에 감동하고 다시 못 올 것 같은 운명적 사랑 때문에 기현을 놓을 수 없을 것만 같은 절실함으로 괴로워진다. '내게 이런 사람을 왜 보내주어 고통을 주시나요. 아, 신이여. 그러나 떠나보내겠어요.' 세화의 그런 슬픈 눈을 읽기라도 하듯 기현은 세화의 두 볼을 어루만지며 깊고 아늑한 키스로 세화에게 보답한다.

해거름 두 사람의 깊고 안타까운 밀애를 위로하듯 처마 밑

풍경 소리는 아득히 바람을 타고 온 산에 고즈넉이 울려 퍼진다.

산사를 내려온 두 사람의 마지막 하룻밤을 위한 위험한 판타지는 그 어느 때보다 더한 절정을 이룬다. 그녀가 기현을 1년 만에 처음 마주했을 때 반가움과 서러움이 엇갈리던 때를 지나 이제는 홀연히 덤덤히 보내야 한다는 것을 세화는 안다. 그러면 그럴수록 뜨겁게 타오르는 사랑. 그런 기현과의 마지막 밤을 자신의 별장에서 보내자고 하자 이를 받아드리는 기현은 그녀만을 위한 특별한 밤을 제안한다. 우윳빛 당신의 몸에 아담의 붓이 장미의 숲을 선물하겠다고.

　　모노톤의 거실 안, 해거름의 햇살을 받아내는 창살 아래, 커튼자락이 작은 미풍으로 펄럭인다. 세화는 누드차림으로 등을 돌린 채 서 있고 기현은 세화의 몸에 바디페인팅 중이다. 그림은 장미의 숲이다. 그녀의 곡선의 몸이 눈부시다. 기현은 붓을 잠시 놓고 그녀의 엉덩이 둔덕을 입으로 손으로 어루만지며 애무한다. 세화는 곧 무너지고 두 사람은 이내 하나가 된다. 그녀의 둔부 아래 바위틈을 지나 검은 숲 사이 꽃잎처럼 두 겹이 붉게 여며진 채 기현을 유혹한다.

　　기현은 세화의 향내를 맡듯 다가서 입을 맞추고 세화의 숲은 어느새 이슬을 머금은 채 신음한다. 기현은 달려들 듯 혀를 내밀어 애무한다. 세화는 모든 것을 놓은 채 세상 가장 평온함으로 나른함으로 잠이 온다. 세화가 깊은 매혹의 빠질 때쯤 기현은 또 한 번의 절정을 향한 거칠고 우렁찬 호흡을 토해낸다. 한밤중 창으로 들어온 달빛과 세화의 알몸 그녀의 앵두 빛 입술이 신음할 때 마다 기현은 온몸의 돋아난 소름을 느낀다.
　　모노톤 거실 안 두 사람은 발가벗은 채 나뒹군다. 세화의 빨간 구두가 기현을 더 자극하며 조명 아래 눈부시다. 세화의 얼굴 위 골드 펄의 짙은 화장이 조명 아래 무지갯빛으로 빛난다.
　　세화의 아찔한 하이힐 뒤에 감쳐진 위험천만한 매력에 빠져

 사랑의 시작과 끝은 타인으로부터 온다

든 기현, 세화를 제압하듯 위에서 팔각의 대좌 자세를 취한 채
세화를 녹여낸다. 기현은 그녀의 적색 유두에 입 맞추고 연거
푸 거듭 되는 절정을 치닫는다. 두 사람은 이제 밤을 새울 모양
이다.

그래, 지금 이 순간 내일은 생각하지 말자. 원더풀 투나잇~.

거울이 깨지고 가면도 깨지고

진우는 지방 도시에서 이틀째 밤을 맞았다. 일은 다 끝났지만 혼자만의 시간을 갖고 싶어 다음 날 아침에 귀가할 생각이었다. 그러나 호텔 방에 덩그마니 혼자 밤을 또 보내려니 새삼 무료하다는 생각이 든다.

진우는 테라스 창에 기대 담배 한 대를 피운다. 밖은 눈발이 휘날리다 이내 그치더니 환히 드러난 흰 달이 새초롬히 진우를 내려다본다. 달빛 속에 문득 아내 세화의 얼굴이 오버랩 된다. 그동안 무심코 잊었던 얼굴이다.

가만히 생각을 더듬으니 아내의 생일이 이쯤일거란 생각에 진우는 핸드폰의 다이어리를 뒤져본다. '아차!' 진우는 서둘러 짐을 챙기고 호텔을 나와 근처의 화원에서 장미 한 다발을 사고 서울로 차를 달린다. 서울 도착 시간이 다 되어도 세화의 전화는 계속 부재중 음성으로 넘어간다. 집 전화도 아무도 받지 않는다.

집에 도착한 진우는 갑자기 불안한 생각이 든다. 그제 본 아내의 얼굴로 생각을 거슬러 가보니 자신의 출장을 무심하게 받아들이는 얼굴에는 내심 기다렸다는 회심의 미소가 보였던 것도 같다. 그러나 서로의 미묘한 감정선은 피차 건드리고 싶지 않기에 지나쳤다.

갑작스런 의심이 꼬리를 문다. 진우는 1년 전 호텔 엘리베이터에서 마주친 사건이 주마등처럼 떠올라 고개를 뒤흔든다. 진우는 순간 뭔가 떠오른 듯 찾는다. 휴대폰이다. 지난해 서로 피지 못할 불륜 상황이 드러나고, 서로 노력하는 과정에서 어린이 유괴 사건으로 세상이 떠들썩하자 아내가 비상상태를 대비해 휴대폰 친구 찾기로 서로의 소재를 파악하자며 연결모드를 신청한 적이 있다. 진우는 급히 아내와 아이 위치를 추적해본다. 물론 아이를 핑계 삼아 나를 뒤쫓겠다는 핑계인줄 알지만 서로의 발목이니 그러자고 했다.

　아니, 아이는 처가댁에 있고 아내는 양평 별장에 있는 듯하다. 진우는 분명 아내가 혼자가 아닌 누군가와 함께일지도 모른다는 생각이 든다. 처가댁에 전화하니 장모는 졸린 소리로 아내가 병원에 입원한 친구 간호 때문에 아이를 맡기고 갔다고 한다. 계속 전화도 안 받고 도대체 병원에 있어야 할 아내의 위치는 왜 양평별장인가. 혼자는 무섭다며 잘 가지도 않던 아내가 왜 이 시간에 거기 있는 건가. 설마 아픈 친구를 데리고 가 있지는 않겠지.

　복잡한 생각들로 머리가 복잡해진 진우는 우선 방안 곳곳에 세화의 옷가지들을 살핀다. 곳곳에 널브러진 채 나뒹굴고 있는 옷가지에서 나는 향수 냄새로 머리가 아파진다. 분명 뭔가에 홀려 시급히 나간 흔적인 듯, 예사롭지 않는 상황이 진우의 뇌리를 스치고 진우는 차를 몰고 양평으로 달린다.

　새벽녘 달빛이 고즈넉하다. 그러나 진우는 왠지 불안하다. 다행이도 별장 안엔 불이 켜져 있다. 성급히 주차를 마치고 아내에게 줄 장미 한 다발을 안고 진우는 서둘러 대문을 열고 현관문 비밀번호를 누르자 열리지 않는다. 불안해진다. 세화가 혼자 자는 게 무서워 비밀번호를 바꾼 거겠지. 하면서도 불안한 생각이 든다. 설마 누군가와……. 불안한 마음은 더 커져 점점 더 세차게 문을 두들긴다.

한편, 방 안에서 간밤의 뜨거운 정사를 마친 기현은 세화보다 먼저 일어나 잠이 든 세화를 내려다본다. 마흔에 가까운 나이가 믿겨지지 않을 만큼 아름답다. 가늘고 긴 목선 우윳빛 살결 눈 꼬리의 약간의 주름마저도 푸근하다. 어쩌다 이 여인은 나를 사로잡아 두는가? 세화와 전생 어디쯤 스쳐 이제 다시 만났을까?

기현은 자신을 혼미하게 만든 세화가 사랑스럽고 신기해 얼굴에 가벼운 입맞춤을 한다. 모노톤의 거실안 간 밤 열어둔 거실 창으로 바람이 세차다 기현은 열어둔 창을 닦고 간만에 정사가 다소 무리였는지 분위기에 취해 마신 다량의 와인 탓인지 속도 쓰리고 목도 말라 간단하게 샤워를 하고 나온다.

그 여유도 잠시, 웬 날벼락인가. 누군가 세차게 현관문을 두드린다. 설마 그녀가 염려했던 남편이 온 것일까? 세화는 여전히 잠이 들어 있고 기현은 혼란스럽다. 이대로 맞닥뜨리면 어떤 상황이 일어날지 뻔하다. 진우는 재빠르게 옷을 주섬주섬 챙겨 입고 아직도 알몸인 세화를 깨운다. 세화는 그제야 상황을 파악하고 당황하며 소리친다. 기현은 놀라 그녀의 입을 막고 서둘러 자신이 입던 나이트가운을 챙겨 입혀주고 놀란 얼굴의 세화는 서둘러 기현을 뒷문으로 내보내려 한다. 밖은 여전히 소란스럽다. 기현은 가던 걸음을 멈추고 그녀의 볼에 입 맞추며 "당신이 원하면 이 순간도 함께 할 수 있어.", "미쳤어요? 어서 나가요!" 성급히 기현을 밀어낸다. 안도감 반, 미묘한 배신감 반을 느끼며 기현은 서둘러 나간다.

"그러면 그렇지. 여자들이란 언제나 결정적인 순간에 그렇게 현실적으로 변하지. 더구나 유부녀인 여자에게 내가 미쳤지." 기현은 씁쓸한 마음으로 밖으로 나간다.

현관 밖 남편은 십 여분을 문 밖에서 서성거렸다. 도대체 안에서 무슨 일이 있기에 이렇게 문을 못 열고 있는가? 안에서는 분명 인기척이 들리는 듯한 데 확 화가 치밀어 온다. 아내 세화가 다소 놀란 듯 현관문을 열자 진우는 따지듯 묻는다. 도대체 비밀번호는 왜 바꿔 떨게 하냐며 뭐하느라 문은 빨리 열지 못했느냐며 따진다.

"당신의 몰골이 이게 뭐야? 번쩍이는 화장은 뭐고 왜 자신의 나이트가운을 또 입고 있지?" 화난 남편의 몰아치는 질문에 당황한 세화는 옷부터 챙겨 입는다. 진우는 혼자인 아내가 다행이다 싶어 겉옷을 벗으면서도 누군가 분명 다녀갔을지도 모른다는 생각을 한다. 그러나 다행히 흔적은 보이지 않는다. 진우는 안도감으로 아내에게 준비한 한 다발의 장미를 안긴다. "미안해 여보! 늦었지. 당신 생일!" 세화는 그제야 안심한 듯

억지 미소를 띤다.

"그런데 얼굴엔 평소 하지도 않던 화장을 왜 그렇게 진하게 하고 씻지도 않는 채 잤지? 얼굴에 번쩍이는 그건 뭐지?" 남편의 연이은 질문에 세화는 "아픈 친구를 돌보다 보니 삶이 허무해지더라. 더구나 자신의 생일인데도 남편이란 사람은 일언반구도 없어 기분도 꿀꿀해서 기분전환으로 화장도 해보고 별장으로 향했어"라고 둘러댄다.

남편은 그런 아내가 측은해져 다가가 안아준다. 아내는 안심인 듯 다행이지만 이내 그런 남편이 부담스러워진다. 남편은 서둘러 샤워를 해야겠다며 욕실로 향하고 아내는 그제야 불안을 놓고 화장대에 앉아 화장을 지우고 간밤에 기억도 함께 지운다.

욕실에 들어선 진우는 아내 세화와의 오랜만에 밀회를 꿈꾸며 허밍으로 샤워를 마치고 세면대에 선 순간 누군가 다녀간 흔적을 발견한다. 새로 산 면도기가 날것으로 벗겨진 채 나뒹굴고 사이즈가 제법 큰 양말까지. '아, 이런!' 격분한 진우는 양말짝을 들고 세화 앞으로 향한다. 머리에 수건을 올려 맨 아내는 얼굴화장을 지우다 말고 소리치는 남편을 뒤돌아본다. 진우는 아내 세화의 얼굴에 양말짝을 내던진다.

아내는 놀라 남편을 본다. 격분한 진우는 화장대 거울을 주먹으로 내리친다. 박살난 유리파편이 튀어 오른다. 파경이다. 진우는 아내의 목을 조르며 미친 듯이 소리친다. "다 끝이야. 이제 희망은 없어!"

스스로 가면을 벗기는 어렵다. 그렇게 할 수 있는 사람은 극히 적다. 대다수의 남녀는 가면을 쓰고 산다. 가면을 깨거나 깨어질 때 손과 얼굴에 큰 아픔이 있다는 것을 누구나 두려워하기 때문이다. 그래서 애써 관계를 유지하려는 가면의 삶은 어쩌면 외부의 피치 못할 커다란 힘을 기다렸는지도 모른다.

오직 두 가지만이
수없이 많은 가면을 썼었지

나, 우리, 그대 속에서
그러나 모든 것을 겪어냈지
왜? 라는 물음 때문에
장미건 아니면 눈이건 또는 바다이든
한때 활짝 피었던 모든 것은 이제는 저 버리고
오직 두 가지만 남았다네. 텅빈 공허 그리고 상처 입은
자아만이
— 고트프리트 벤(Gottfried Benn)—

사물이 보이는 것보다 가까이 있습니다

한 해의 막바지, 대설을 낀 하늘은 희뿌연 안개를 머금고 세찬 바람은 세화의 귓불을 차갑게 훑고 지나간다. 세화는 두꺼운 코트자락을 감아 걸으며 어제 아침 남편의 성난 눈을 떠올린다. 왜 변명 한마디 못하고 그 화를 다 받아주었을까? 1년 만의 만남이었다고. 오늘 마지막 이별을 위한 시간이었다고. 아! 그러나 이제 어설픈 변명 따위로 해결될 수 없는 상황까지 와버렸다. 이제 어찌 해야 하나.

남편의 힘찬 손아귀는 세화의 목을 조여 푸른 멍을 들게 했다. 세화는 남편이 그렇게 화난 모습을 여태 한 번도 본 적이 없었다. 아직도 남편의 눈을 떠올리면 소름이 돋는다. 세화는 12가지 파멸을 생각하고 또 생각한다. 아이는, 친정 부모님께는, 어떻게……. 별장까지 기현을 들이는 게 아니었어. 아, 기현을 사랑하지만 남편과의 이별을 염두에 두지는 않았다. 더구나 아이를 생각하면 더욱더 그랬다. 기현은 마음 속 사랑으로 간직하고 가족은 가족으로 끝까지 남아주기를 바랐다. 그러나 만남이 깊어지면 사랑과 그리움이 생기고 그 사랑과 그리움에는 늘 책임과 고통을 수반한다는 것을…….

걸음은 어느 새 기현과 함께 걸었던 산책로를 향하고 있다. 간간히 부딪히는 사람마다 손가락질하는 것 같은 죄책감으로 머리가 아프다. 기현과의 불륜이 드러나 세상 사람들의 손가락질을 받아 낼 용기가 나질 않는다. 그래 마지막 경고를 받아들이자. 이렇게라도 남편이 종지부를 찍어주지 않았다면 우린 또 쉽게 헤어질 수 없었을 거야. 맞아. 그래 이정도로 접자.

세화가 자신을 반성하고 고통스러워 할 때, 진우는 회사 일을 하는 둥 마는 둥 머리는 공중분해된 상태로 안절부절 못했다. 그리고 몇 개월 전부터 급격히 어려워진 뉴욕지사 회생 기회로 자신이 지목되었으나 진우는 회사보다 가정을 일으키고 아내와 약속을 지키려, 그동안 발령을 미뤄둔 상태였지만, 오늘 발령의 승낙 사인을 해야겠다고 결정한다. 사인을 앞두고 아이 학교부터 알아봐야겠다고 생각할 때 아내는 부재였다.

바로 그 문제다. 어찌 해야 할까? 남들처럼 기러기 가족으로, 아니면 아예 드러내놓고 헤어져야 할까. 그래야 아내가 더 아파할 것이다. 배신감과 적개심, 질투 분노로 진우는 결재 서류를 바닥에 내던지고 외투를 들고 나온다. 답답한 마음에 거리를 나온 진우는 빌딩 숲 사이 싸락눈이 흩날리는 거리를 걸으며 눈물인지 콧물인지 알 수 없는 슬픔에 젖어든다. 대학 때 만난 아내는 늘 남편밖에 모르는 줄 알았다. 언제든 진우의 어떤 모습이든 끌어안아준 여자이기에 그 충격 또한 컸다. 아무래도 술을 한 잔 하지 않고는 안 되겠다. 그 걸음은 오랜만에 대학동창이자 사진작가 친구의 스튜디오로 향한다.

스튜디오에 들어서자 늘 털털했던 친구 최는 아버지처럼 중늙은이 모습으로 등을 구부린 재 카메라 렌즈를 유심히 늘여다보고 있다. 친구는 냄새만으로 목소리만으로 그를 알아본다. "술 생각이 난 모양이로구나. 그래, 이것 마저 하고 잠시 거기 앉아 있어."

친구 최가 작업을 마치는 동안 진우는 사람들의 사진 속 모습을 유심히 바라본다. 사람들은 각자의 삶에 나름대로의 의

미를 부여하고 꿈을 간직한 얼굴로 렌즈를 응시한다. 진우와 눈을 마주한 사진 속 사람들의 진지함으로 인해 진우는 오싹해진다. 자신만 삶을 겉돌고 있으니, 현실과 제대로 부딪힐 용기가 없으니 도망이라도 가고 싶은 심정을 들켜버린 찰나, 친구 최가 진우의 등을 두드린다.

“안색이 안 좋아, 무슨 안 좋은 일이라도 있는 거야?”

“아내가 바람을 피웠어. 홧김에 이혼하자 선언하고 왔는데 과연 할 수 있을지. 아내 걱정보다 내 걱정이야. 뭘 어찌해야 할지 모르겠어. 과연 내가 완전히 놓을 수 있을지…….”

진우가 얘기를 하는 동안 친구 최는 긴 한숨을 내쉬며 카메라 앞으로 간다. 순간 카메라 플레쉬가 터지고 친구는 껄껄 웃으며, “바람이 만든 인생의 재발견. 오호, 멋진 걸. 여태 친구의 모습 중 최고의 진수라네. 이리와 보겠어? 자신의 모습을.”

오랜 독신생활에 노하우가 생긴 친구는 그것쯤 아무 일도 아니라는 듯 다그친다. 사진 속 사십대 중년 남자의 얼굴 모습은 자잘하게 자리 잡은 주름에 몇 가닥의 흰머리, 그 여유와 낭만이 적당히 버무린 채 인생이 준 무게와 고뇌가 엿보인다.

“얼마나 멋진가? 젊은 날의 풋풋함에서 엿볼 수 없는 이 푸근함. 인생의 적당한 고뇌가 주는 선물. 잘 익어가는 열매 같지 않은가?”

 사랑의 시작과 끝은 타인으로부터 온다

“나한테 농담 그만하고 가자. 그럴 기분 아니란 것 쯤 알잖아.” “좋아 한잔 하러가자.”

“이리와 봐. 자네 모습과 다른 얼굴들을 비교해봐. 뭐가 다른지. 결혼을 낼모레 앞둔 신랑신부야.” ‘순백의 드레스를 입은 신부와 콧수염이 어디서 본 듯한 얼굴의 남자 신랑. 아니 이건……?’

남자가 얼굴을 들이밀며 다가가 유심히 보니 아니 이건 분명 연희다. 이 콧수염은 엘리베이터에서 본 아내의 그 놈. 그들은 행복해 보였으나 풋풋해 보였으나 친구의 말대로 인생은 엿볼 수가 없었다. ‘아, 이럴 수가. 등잔 밑이 어둡다고. 아내가, 연희가 이런 놈에게. 아니, 여자들은 왜 이런 놈들에게 목을 매는가? 그것도 내 곁에 두 여자가 다……. 혹 내게 원한이라도……? 진우는 머리가 복잡해진다. 그러나 원인을 알 수가 없다. 진우는 얼굴을 일그러뜨린 채 머리를 움켜진다.

순간 진우는 세상의 고통이 몰아치듯 자신에게만 달려드는 듯하다. 친구 최는 아는 얼굴이냐고 물어대지만 애써 진우는 친구를 데리고 겨우 나와 포장마차에 앉아 소주 한 잔을 마주한다. 친구는 진우의 얘기를 무심코 듣다가 소주 몇 잔을 연거푸 들이 키더니 겨우 한마디를 건넨다.

“뉴욕지사로 가 아내에게 자신을 구원할기회를 한 번 줘

봐.”, “결혼 후 한 번도 아내는 사회생활이란 걸 못해봤어. 어떻게 살아갈 수 있을까?”“그래서 하는 소리지. 아직 결혼 전 소녀야. 하루라도 빨리. 몇 해 있다 와 보면 너의 아내는 달라져 있을 거야. 지금보다 강하게 가정의 소중함도 깨닫고 자식도 더 소중하게 여길 거야. 나름대로 경제관념도 생길 거고. 참 아내와 그놈이 다시 만날 거란 생각….

그럴지도 모르지. 허나 여자도 내 품에 있을 때 내 사람이야. 이것이 내 것이다. 연희도 저것이 남의 것이다 하는 생각은 버려. 이것도 저것도 내 것이라는 생각이 없어야 너의 고통은 사라질 거야. 당분간 모양대로 본질대로 지켜봐. 궁금하지 않아? 너의 아내가 그 슬픔과 시련을 어떻게 겪어낼지. 그 시련의 꽃을 네가 어떻게 승화시켜낼지, 크던 작던 간에 모든 살아 있는 생명이 앓아야 할 병이야. 너만의 고유한 색채로 다시 피어내 봐. 정말 멋지지 않아? 사십대의 인생이 알고도 익어가고 모르고도 익어가고 세월에 놓아 볼 줄 아는 여유도 생기고 지금이 나는 펄펄뛰는 젊음보다 적당한 시련이 고통이 좋다네.”

절망을 안고 온 내게 친구 최는 슬픔을 희망의 씨앗으로 바꾸는 재주를 갖고 있었다. 진우가 술기운에 서서히 눈이 감긴 채 친구 최의 손아귀에 이끌려 2차를 간 곳은 강남의 어느 룸

살롱이다. 들어서자 허리가 잘록한 여인들의 인위적인 콧소리
는 남자를 들뜨게 한다.

　여인들은 볼록한 가슴을 남자의 어깨에 스치며 다가온다.
진우는 여인들의 향수에 취한 채 그만 여인의 젖가슴을 파고
든다. 여인의 가슴은 아내보다 연희보다 탄력이 있었다. 마치
두 여자의 배신감을 만회라도 하듯이 진우는 미친 듯이 빨려
들어간다. 급하게 먹은 술 탓인지 진우는 순간 깜빡 잠이 들었
다. 잠을 깬 진우의 품에는 반라의 여자가 잠들고 있다. 친구
최는 서너 명의 여자들과 어울려 몸을 부대끼며 노래한다. 진
우는 넥타이를 고쳐 매고 여자를 살며시 밀쳐낸 채 술집을 홀
로 빠져나온다.

　새벽녘 하늘은 흐리고 바람도 세차다. 그러나 이런 흐린 날
이 왠지 좋다. 오늘처럼 위로받아 좋고 분위기에 취해서 좋고
치열한 세상에 여유를 준 친구가 있어 좋으며 그리움을 밤샛
그리워하다 끝을 내보여준 그대가 있어 좋다. 때마침 어둠의
기대 좀 쉬고 싶을 때 해외지사 발령을 내준 회사가 더욱 고맙
다. '그래, 그렇게 부딪혀보자.'

　집에 도착하자 아내가 소파에서 쭈그리고 앉아 잠이 들어
있다. 집안 곳곳은 어수선하다. 아내의 손길이 멈춘 집은 설렁

하기만 하다. 진우의 이혼 선고에 아무 일도 할 수 없었을 것이다. 진우는 널브러진 옷가지들을 정리한다. 그러다 잠시 소파에 쭈그리고 잠든 아내 세화를 내려다본다. 흔들어 깨워 침대에 옮기려다. 순간 멈칫 보다 그냥 둔다. 큰 가방을 챙겨 나온 남자는 겉옷 주머니에서 친구 스튜디오에서 챙겨온 기현의 청첩장을 잠이든 아내의 머리맡에 놓고 나온다.

"나 김기현과 유연희는 서로를 평생 사랑하고 아껴야 할 삶의 몫으로 여기며, 평생 한 사람만을 위해 아끼며 섬기며 사랑하겠습니다. 이 뜻 깊은 자리에 초대합니다. 김기현, 유연희 올림."

진우는 친구의 말에 동의한다. 아내의 구원을 위해 잠시 떠나 있기로 한다. 집을 나온 진우는 이 떠남이 서로에게 마지막이 될지도 모른다는 생각에 가슴이 뭉클하다. 큰 여행 가방을 차에 실으며 진우는 차에 시동을 걸고 라디오를 켠다. 헨델의 '울게 하소서'가 흐르는 가운데 진우는 잠시 담배 한 대를 길게 피어 물며 문득 차창 밖 백미러를 본다.

"사물이 눈에 보이는 것보다 가까이 있습니다."

그대에게 해 줄 말에는 연습이 필요하다

진우가 떠나간 텅 빈 집안, 세화는 넋을 잃고 앉아 있다. 남편은 어떻게 기현을 알아냈을까? 평소 꼼꼼하고 치밀한 성격인 것은 알았지만 이토록 자신에게 확증된 현실을 안겨줄 줄이야…….

기현의 청첩장보다 남편이 어찌 알았을지 더 궁금한 세화는 아무리 생각해봐도 연결점을 찾을 수가 없다. 3일 내내 바깥출입은 물론 제대로 먹지도 않고 침대에 뒹굴다가 거실과 화장실을 왕래하며 독한 위스키만 마셨다.

현기증에 침대에 누워 쳐다본 천장은 무지갯빛으로 아른거린다. 그럴 때마다 바리톤 기현의 음성이 들리는 듯하다. 순간 여자는 침대를 박차고 나와 독한 위스키 한 잔을 들이킨다. 빈속에 들어간 독한 술기운은 심장 가까이 스며들어 싸한 짜릿함으로 오감을 저리게 한다.

'사랑한다. 사랑한다. 그러나 다시 사랑할 수 없다. 다시는 말할 수 없다. 이대로 보내야 한다. 이대로 묻어둬야 한다.' 세화는 그러면 그럴수록 기현이 보고 싶어진다. 마지막으로 한마디만 건네고 싶다. 아니 기현의 결혼 전에 꼭 묻고 싶은 게 있다. '나를 진정 사랑했냐고…….'

어수선한 낮잠에서 일어난 그녀는 옷을 주섬주섬 챙겨 입고 서둘러 차를 몰고 나간다. 연말이 되어 거리에는 온통 오색찬란한 네온 빛과 크리스마스 캐럴송이 가득하다. 따스한 나눔을 권하는 구세군의 종소리가 오늘따라 낯설기만 하다. 오직 자신만이 이 도시에서 이방인이 된 기분이다. 유일하게 자신만 다른 세상에서 방황하고 있는 듯하다.

세상은 내 편이 아닌 것 같다. 고통과 불행이 자신에게만 가혹하게 다가올 줄이야. 남편도 곁에서 떠나가고 사랑하던 기현이 느닷없이 결혼까지 한다니. 안팎으로 들이닥친 불행에

 사랑의 시작과 끝은 타인으로부터 온다

세화는 세상에서 동떨어진 벼랑에 서 있는 듯하다.

세화의 차는 기현의 오피스텔 앞까지 왔다. 지하주차장을 들어가기까지 약간의 망설임이 있었지만 지하주차장을 들어서자 세화의 가슴은 다시 기현을 만날 생각으로 설렌다. 어떤 말부터 해야 하나. 나를 사랑하긴 한 거야? 왜 그토록 갑작스럽게 결혼을 하는 거지……. 여러 말이 머릿속을 헤집고 지나가지만 아무래도 구차스럽다.

머리를 조아리고 여자가 망설일 쯤 기현의 흰 승용차가 건너편에서 빨려들 듯 들어선다. 기현은 재빠르게 주차한 뒤 반대편 문을 열어 어떤 여자를 내리게 한 후 두 어깨를 감싸고 현관으로 다정히 들어간다. 늘 자신에게 자상하였던 그의 에스코트가 나만을 위한 것이 아니었다니! 세화는 질투와 분노로 당장에 달려가 기현의 뺨을 때리고 여자에게 이런 남자와 결혼까지는 위험하다고 경고라도 해주고 싶었지만 차마 그러지 못힌디. 그저 기현의 차를 발로 차고 가방으로 내리칠 뿐이다.

왜 여기까지 달려와 비참한 꼴을 봐야 하는가? 자신이 갑자기 한심하고 억울하다는 생각에 가슴을 움켜쥐고 운다. 울음의 곡조는 통곡으로 변한다. 지금 기현과 그녀가 들뜬 밀애로 한창이라고 상상하며 지하주차장의 세화는 눈물 콧물을 한꺼번에 휴지에 내뱉고 있다.

행복이 무엇인지 모르는, 아니 사랑은 없다, 다만 거래만 있다는 철학을 가진 기현은 이제 연희와 결혼을 한다. 왜 결혼을 서두르느냐고 누군가 묻는다면 이제는 방황의 종지부를 찍고 싶다고 대답할 것이다. 아니 그보다 누군가에게 가장 특별한 한 사람이 되고 싶다는 희망 때문이라고 말하고 싶다. 마침 연희가 옆에 있었고 연희 또한 기다렸다는 듯이 뜨겁게 자신을 받아주지 않았던가.

두 여자, 연희와 세화는 다른 색깔이다. 연희가 온전히 자신을 드러내지 않는 내숭스런 점이 있는가 하면 연희는 남자가 겁이 나 뒷걸음치게 만드는 뜨거운 에너지가 있다. 그런 면에서 연희는 좋은 결혼 상대라고 생각한다. 내숭이 진한 연희에게 결혼이란 이름을 부여한 것은 최소한 자신을 무모하게 밖으로 내던지지 않을 것 같은 중심이 엿보였기 때문이다. 그리고 만난 지 6개월을 넘기지 않고 연희와 결혼을 결정한 것은 과거의 경험으로 비추어 보아 열정의 최고조로 지금이 지나면 아마 결혼을 주저하게 될 것이라는 점을 잘 알고 있기 때문이다.

파스텔 톤 인테리어의 거실에 플래시도 도밍고와 존 덴버의 'Perhaps Love'가 흐르는 가운데 두 사람은 함께 와인을 마시며 허밍으로 따라 부른다.

노래하던 기현의 입술이 연희의 입술을 덮어 노래는 그쳤다. 그러나 기현은 연희와 키스 중에도 세화를 떠올린다. 위험천만했지만 짜릿했던 그 순간이 내내 잊히질 않는다. 이제는 내려놓아야 한다. 이제는 잊어야 한다. 설령 다시 만난다 해도 당분간은. 동시에 두 여자와 살 수 있다면, 아니 양다리가 허용된다면 얼마나 좋을까. 기현은 키스 중에도 수많은 생각을 더듬으며 연희와 키스를 마친다. 키스를 마친 남자는 연희를 지긋이 보고 또 본다. 그녀의 눈 속에서 다시 세화를 찾고 있는 자신을 발견한다.

그러나 그건 아니라고 생각하며 그녀를 살며시 안아준다. 이렇게 아픈 사랑을 또 내려놓아야 하는구나. 스스로를 위로하며 연희를 안은 가슴은 아버지가 딸을 감싼 또 다른 심경이 되었다. 아직 그녀에게 진정한 사랑의 말을 해주기에는 준비가 필요하겠지만 그것은 곧 가능하리라는 강한 예감에 기현은 연희를 으스러지게 껴안고 곧 소파에 몸을 쓰러뜨린다.

한편 지하주차장에서는 통곡을 마친 세화가 백미러를 통해 처절히 패배한 자신을 보고 깜짝 놀란다. 얼굴엔 다크 서클을 드러낸 채 남자 뒤꽁무니나 따라다니는 정말 한심 천만한 자신을 발견한 그녀는 세차게 백미러를 닫고 시급히 주차장을 빠져나간다.

집에 들어선 여자는 바보처럼 자신만 발가벗은 채 달려들었다는 생각이 든다. 상대편 투수가 던진 공이 커브인지 직구인지 구분 못하고 액면 그대로 달리다 지쳐버린 것이 아닌가. 사랑도 가정도 다 잃어버린 것이 아닌가. 아까는 지옥의 끝을 본 듯했다.

세화는 조깅복으로 갈아입고 한강변을 달린다. 눈물이 날만큼 세찬 바람이 달리는 그녀의 몸을 훑고 지나간다. 한 남자를 사랑한 것이 이토록 가혹한 복수로 돌아오다니. 남편도 기현도 없는 시골이나 외국에 가서 아이와 단 둘이 살까…….

노을 속에 흐르는 강물 따라 그녀도 달린다. 숨이 턱에 차오를 때까지 얼마쯤 달리다보니 이제 그 매서웠던 칼바람은 더위를 시켜주는 시원한 바람으로 다가온다. 바람은 눈가의 눈물을 훔쳐 가버린다. 떠난 사랑으로 허전하게 휑한 가슴인데, 또 왠지 모르게 시원하다는 생각이 드는 건 어인 일인가.

#11

꿈은 이루어진다.
라스베이거스를
향해…

이른 아침 세화는 화장기 없는 맨 얼굴에 검은 선글라스를 끼고 도시의 빌딩 숲을 지나 십여 층 건물의 엘리베이터에 오른다. 조금은 활기를 되찾은 얼굴이다.

기현의 결혼 소식과 남편의 별거 선언으로 인한 무거운 체증을 털고 에어로빅센터로 향한다. 사방 벽면의 거울에 자신의 몸을 비추며 색색의 남녀 십여 명이 흥겨운 음악에 맞춰 춤춘다. 강사의 호흡에 맞춰 열심히 뛰는 그들의 모습에는 지금 흐르는 땀이 S라인의 초석이 되리라는 믿음이 엿보인다. '고개 오른쪽 고개 왼쪽, 손 높이 들고 하나 둘 셋 넷, 엉덩이 들고 허리 돌리고…….' 곧 세화도 뛰어든다. 얼굴에 새로운 미소가 감돈다.

같은 시각, 기현은 연희와의 결혼을 한 달 앞 둔 오늘, 약혼식을 마치고 신혼여행을 앞당겨 다녀오자는 연희의 제안을 흔쾌히 받아드린다. 기현의 프러포즈 이후 연희는 예전과 다르게 더 활발해졌고 요구 조건도 명확하고 유쾌했다.

결혼보다 먼저 간략한 약혼식으로 양가 가족들에게 인사 나누고 상대의 재정 상태를 숨김없이 드러내놓고 대안을 찾자는 그녀의 제안은 좀 당황스러웠지만 오히려 기현에게는 퍽 다행스러웠다. 그동안 자동차 리스대금을 비롯하여 아파트 대출금 상환 등으로 수입보다 지출에 허리가 휠 지경이었다. 그렇게 솔직하게 드러내놓고 빚을 청산하고 결혼자금을 뺀 서로의 잔고를 합쳐보니 남은 돈은 30여 평 오피스텔 전세값 정도였다. 둘은 즉시 강변 옆의 오피스텔에 신혼집을 마련하고 인테리어 공사를 맡기고 나서 가불된 신혼여행을 떠난다. 예술경영을 전공한 그녀답게 모든 일은 합리적이고 명쾌하게 일사천리로 해치웠다.

두 사람은 라스베이거스로 떠난다. 2011년 연희와 기현은 새로운 삶의 세팅을 향해, 서로의 준비된 여유를 위해, 그동안 보지 못했던 것을 보기 위해, 그동안 듣지 못했던 것을 듣기 위해 떠난다. 이제 둘은 새로운 인생의 전환점을 향해 간다. 늘 먹던 밥을 잠시 물러두고 구수하고 뜨끈한 스테이크의 속살을 먹기 위해, 그 유명한 '태양의 서커스'를 보기 위해 떠난다.

비행기 안, 옆 좌석에 앉은 연희는 깊은 잠에 빠져 있다. 기현은 간밤 자신의 넘치는 파워에 거의 기절할 정도로 몇 번이나 절정에 오른 연희를 떠올리며 미소를 짓는다. 스튜어디스를 불러 위스키 한 잔을 청한다. 모두가 잠든 기내 기현만 말똥말똥하다.

위스키 한 잔의 취기가 빨리도 온다. 옆자리 스튜어디스가 엉덩이를 치켜들고 옆 좌석 손님을 응대하고 있다. 그녀의 스커트에 가려진 엉덩이가 유독 탱탱하게 보인다. 잠시 고개를 흔들고 정신을 차리려 해도 자꾸 그녀의 엉덩이에 눈길이 간다. 사람들의 눈을 피해 슬쩍 슬쩍 다시 또 한 번 눈길을 쏟는다. 상체를 숙였을 때 슬쩍 보인 그녀의 가슴살이 하얗다. 곱게 둥근 곡선을 그리며 꼭 사발을 엎어 놓은 듯하다. 순간 손을 대고 싶은 충동을 애써 참아낸다. 응대를 마친 그녀가 기현과 눈이 마주치자 가벼운 목례와 함께 미소를 보낸다. 기현은 얼떨결에 웃어주지만 당황한 모습이 역력하다.

잠들어 있던 연희가 몸을 뒤척인다. 기현은 스튜어디스로 인해 촉발된 충동을 처리할 방법이 떠올랐다. 연희의 무릎에 덮인 담요를 자신의 무릎까지 끌어다 덮고 기현의 손은 그녀의 무릎 사이를 더듬어 간다. 연희는 잠을 방해하는 기현의 손이 귀찮은 듯 밀친다. 그러나 다시 계속 들어오는 뜨거운 손을 허락하는 연희. 곧 몸이 달아오른 연희의 손도 기현의 무릎 사이를 찾아온다. 둘은 거친 호흡을 애써 숨기며 몸을 뒤척인다. 스튜어디스는 눈을 감은 두 사람이 마치 악몽이라도 꾸는 듯 고통스런 얼굴을 하고 있는 것을 보고 잠시 걱정스러운 시선을 던지더니 곧 빙긋이 웃고 다른 곳으로 가버렸다.

라스베이거스의 극장에서 '비틀즈 러브' 등으로 구성된 '태양의 서커스'의 환상적인 공연을 보고 돌아온 기현과 연희는 호텔방으로 들어선다. 호텔방 TV에서도 쇼를 만드는 과정이 상영되고 있다. 아찔했던 순간들을 떠올리며 기현은 허밍으로 노래한다. 비틀즈의 '러브(Love)'를 가지고 그렇게 환상적인 무대를 만들다니 믿겨지지가 않는다.

태양의 서커스는 곡예사를 쓰지 않고 훈련된 연극배우를 출연시켜 감정의 표현과 무대 전환에 빠른 몸놀림을 보여준다. 지금부터는 침대에서 연희를 비틀즈 러브의 곡예처럼 가장 낭만적인 무대로 만들어 주는 일이다. 이제 연희를 향한 고도의 테크닉이 필요하다.

연희가 샤워 중에도 기현은 무대 위의 민첩하고 재빠른 몸놀림의 배우를 떠올린다. 연희가 샤워를 마치고 젖은 머리를 흔들 때 기현은 그동안 애써 참아온 호흡을 가파르게 내쉬며 연희를 번쩍 들고 침대로 향한다.

기현은 연희의 둔부 위에 철썩 올라 앉아 아까의 위험스런 장면을 떠올린다. 비행하듯 하늘에서 날고뛰던 배우가 단 1초라도 안 맞으면 그대로 떨어져 죽는 그런 위험한 장면을 지켜보며 긴장된 순간마다 연희는 기현의 손을 질근 잡아끌었다. 그때마다 기현은 연희의 입술을 훔쳤다. 기현은 그 짜릿한 순간을 떠올리며 연희의 둔부 위에서 거친 호흡을 내뱉는다. 다시 객석에서 느꼈던 사람들의 환호와 박수소리가 귓가에 이어지는 듯하다. 그러나 연희가 아직 태양의 서커스의 관람하던 때의 환호를 내뱉지 않고 침잠되어 있다. 그러나 아무래도 좋나. 내 마음 속에는 언희에 대한 태양이 서커스가 있으니……,

기현이 연희를 만나는 과정 자체를 우연이라기보다는 필연으로 여기듯 서로가 내면의 우여곡절을 드러내지 않았지만 삶 속에는 보이지 않는 복선들이 있다는 것을 예감하고 있다. 간혹 서두르듯 자신을 추스르는 연희를 보며 기현은 그녀가 가습 속에서 '그 남자'를 내려놓았지만 상처가 아물기까지는 시간이 더 필요하리라 생각했다. 기현이 그토록 세화에 대한 혼돈으로 아파한 뒤 그제야 연희의 마음도 보였다. 둘은 그렇게 각자 시간의 힘을 빌려 희망을 당기고 있는 것이다.

기현이 연희의 둔부 뒤에서 희망을 향해 욕망의 초원을 한참을 달려가자 곧 연희도 날뛰기 시작한다. 이제 두 마리의 말은 서로 엉기고 물어뜯으며 달려간다. 기현은 비틀즈의 노래 '러브'의 한 구절을 떠올린다. 'Love is touch Touch is love, Love is reaching Reaching love…….' 그래, 맞아! 기현의 손바닥은, 탄력 있게 흔들리는 연희의 허연 둔부를 강하게 내리쳤다.

당신의 로망스를 위해

눈 내리는 새해 첫날 밤, 진우는 입김이 차오르는 창가에서 커피잔을 두 손 모아 붙잡고 긴 상념에 잠긴다. 아내를 빙목하듯 내려놓고 또 사랑히는 어인이 결혼에 이르는 과정을 지켜보며 진우는 기나긴 인생의 한 터널을 지나고 있다는 생각을 한다. 창 밖에 간헐적으로 내리던 눈은 어느새 강풍을 타고 사나운 모습으로 변한다. 산자락 소나무들은 산신령이 금방이라도 나타날 듯 거센 몸부림을 치고 있다.

　　뉴욕으로 가기 전, 진우는 아내에게 "당신의 올바른 선택을 기다린다"는 한마디를 남겼다. 얼마 후 아내 세화의 이혼서류가 남자의 뉴욕지사 사무실에 배달됐다. 이혼서류와 함께 아내의 눈물 어린 편지도 함께 동봉됐다.

　　"당신과 함께한 8년의 결혼 생활은 참으로 행복했고 자신은 마냥 철부지였던 것 같아요. 그런 나를 끊임없이 배려하고 아끼고 사랑해준 당신의 따스했던 마음은 홀로된 지금 더욱 절실히 느끼는군요. 아이의 아빠로도 최선을 다해준 당신! 가슴 저리게 당신이 필요하다고 말하고 싶지만 그럴 수가 없네요. 돌아오라고, 돌아오라고 몇 번이고 외쳐도 보았지만 이젠 홀로 서 보고 싶어요. 당신 아니면 아무것도 할 수 없던 나, 아무것도 아닌 나, 그랬기 때문에 오히려 철저히 홀로 있어서 보기로 했어요. 기왕 홀로 서려면 온전히 홀로 다시 이어서본 후 그래도 당신과 함께하고 싶다면, 서로 그때도 괜찮다면, 다시 살아도 괜찮겠다는 결론이예요.

　　그동안 부모님 슬하를 떠나 당신의 품으로 가서도 온전히 스스로 어른으로 제대로 성장되지 못한 채 살아왔던 것 같아요. 이제야 자신이 얼마나 바보였는지 알 것 같아요. 주말에 홀로 서성이며 밥을 지어 먹고 아이와

 　사랑의 시작과 끝은 타인으로부터 온다

둘이 당신이 없는 어두운 방을 지킬 때, 아무 것도 할 수 없는 막막함으로 많이 울었어요. 그리고 덕분에 그 외로움을 견디기 힘들어 친구 따라 엄마 따라 봉사도 하면서 스스로를 다시 보게 되었어요. 당신은 제 뜻을 부디 헤아려주기를 바래요. 그동안 늘 그래왔던 것처럼. 사람들은 늘 좋은 기억만을 채워가며 살아간다고들 하잖아요. 우리 부부도 그렇게 되기를 바랍니다. 함께했던 시간이 너무나 소중해서 더 이상의 고통으로 물들이고 싶지 않아 당신을 놓아 드립니다. 아니 온전히 자유로운 제 영혼을 위해……."

유키 구라모토의 피아노곡 'MEMORY OF LOVE(사랑의 추억)'이 방 안에 흐르는 가운데 아내의 편지를 읽는 진우의 눈에 물기가 맺혔다. 진우는 이혼 서류에 담담히 사인을 했다.

얼마 후 남자는 연말 휴가로 귀국하는 길에 아내와 함께 신혼여행을 갔던 삿포로를 들렀다. 아내와 함께 묵었던 온천 여관은 지금도 그때와 변함없는 모습이다. 그때의 일이 떠오른다. 그때 예약한 방에는 오로지 둘만이 마음껏 즐길 수 있는 노천탕(로텐부로)가 붙어 있었다.

아내와 함께 노천탕에 들어가 하늘에서 내리는 눈을 맞으며 미래를 이야기했다. 그러는 가운데 아내에 대한 사랑의 감정은 불쑥 진우의 상징을 통해 서서히 치솟았다. 온천수에 미끌미끌해진 아내의 몸을 어루만지며 오랜 입맞춤을 나누었다. 조용히 눈이 내리는 가운데, 때로는 쿵하고 나뭇가지에서 눈이 떨어지는 소리를 들으며 둘은 마치 태고의 자연 속으로 들어온 느낌으로 서로의 몸을 오랫동안 탐닉했다.

영화 '실락원'에 나온 남녀는 눈 내리는 온천 여관에서 뜨거운 정사 후에 자살을 했지만, 우리의 이야기는 그들 불행 전의 장면에서 끝을 맺었다. 하지만 지금 이 상태는 무엇인가. 죽음의 불행은 아니지만, 불륜의 상처로 헤어진 우리. 이곳에 와서 신혼을 다시 생각하다니……. 내가 자살까지 한다면 완전 영화가 되지 않을까 생각하며 진우는 쓴웃음을 짓는다. 오늘의 노천탕은 진우 혼자 독차지다. 신혼 때의 정사를 떠올리니 아랫도리가 축축해진 진우는 그냥 잠을 이룰 수 없을 듯하다. 양복 주머니를 뒤져 명함 하나를 꺼내 들었다. '노리코'라는 일본 여자의 이름이 쓰여 있는 명함이다. 삿포로로 오는 비행기에서 옆에 앉았던 일본 아줌마. 최근 한류 붐 때문인지 그녀는 서툰 한국어로 말을 걸어왔다. 한류 스타가 좋아 한국어를 배웠고 한국에도 몇 번이나 찾아갔다고 한다. 모처럼 배운 한국말이라 한국 사람만 보면 말을 걸고 싶고, 욘사마와 같은

곳의 공기를 같이 마시고 있다는 것만으로도 그와 말을 나누고 싶다고 했다. 격세지감을 느꼈다.

옛날에는 비행기 안에서 말을 붙여도 시큰둥하게 대꾸하던 어떤 일본 여자가 떠올랐다. 노리코는 뉴욕 여행을 마치고 돌아오는 길이라며 혼자라면 가이드를 해주겠다고 명함을 선네 주었지만 그냥 인사치레로 알았다고만 하고 명함을 아무렇게나 호주머니에 집어넣었다. '스낵 바 노리코 대표 야마다 노리코'. 스낵바는 일본식 작은 카페다. 손님을 가게로 유치하려는 속셈이었나? 쓴웃음을 지으며 알면서 넘어가 주기로 했다. 오늘은 어차피 그냥 잠을 잘 수도 없다. 전화를 걸으니 노리코가 반가운 목소리로 나타나 만나서 저녁이나 먹자고 한다. '뭐야, 만나서 밥 먹고 가게로 데리고 가려는 속셈이군. 그래 좋아.' 노리코는 지리를 모를 테니 직접 여관까지 찾아오겠다고 한다. 방 번호를 알려주었다.

노리코의 안내로 시내 야경이 보이는 곳에서 게요리를 먹었다. 그리고 진우가 먼저 당신 가게로 가자고 해 둘은 노리코의 스낵바로 가서 1시간 정도 술을 마셨다. 진우는 노리코를 연신 유혹한다. 신혼 때 왔던 방에 지금 혼자 왔다. 노천탕도 있는데 나 혼자다……. 아니, 노리코가 진우의 외로움을 밖으로 드러낸 후, 곧바로 그에 깊게 감응하는 표정과 말로 진우를 유혹한 것인지도 모른다. 원래 여자는 스스로 결코 선수를 치지 않고 진우가 선수를 치게 만들기 마련이다.

진우는 노리코와 함께 온천 여관으로 돌아왔다. 노리코는 이곳 특산물이라며 녹차를 내온다. 찻잔에 다소곳이 띄운 국화잎이 겨울 운치와 닮아 빛을 낸다. 노리코는 자신의 피부를 대하듯 차를 공손히 올린다. 진우는 정중히 받아든다. 일본 여인이 갖는 품격이 이런 것인가. 진우는 존경어린 눈으로 여인을 바라본다. 이 여인이 나의 아내라는 착각에 빠진다.

진우가 먼저 노천탕에 들어갔다. 노리코는 수건 한 장 걸친 몸으로 잠시 후에 방문을 열고 나타났다. 살며시 건너편으로

 사랑의 시작과 끝은 타인으로부터 온다

들어오는 노리코. 진우는 어색하다. 수증기가 두 사람의 얼굴을 가려 아른거린다. 진우는 노리코의 몸에 슬며시 손을 갖다 댄다. 그와 동시에 마치 기다렸다는 듯이 달려드는 노리코. 그 뒤는 좀 정신이 없다. 내가 여자를 간하는 것인지 여자가 나를 간하는 것인지 모를 정도다.

노리코가 돌아간 텅 빈 방에서 진우는 누워 있다. 창밖에는 여전히 눈발이 흩날린다. 이내 눈송이들이 하늘에 닿을 듯 원을 그리며 날아간다. 신들은 어떤 그림을 그리는 것일까? 진우는 잠시 생각한다. 이토록 무한한 자연 앞에서 진우는 자신이 어디를 향해 가는지 묻고 있다.

이른 아침부터 울리는 핸드폰에는 조카의 목소리가 들렸다. 뉴욕에서 간간히 만나 밥을 사주었던 유학생 여조카다. 무사히 박사과정을 마치고 진우와 함께 귀국할 예정이었으나 사정이 생겨 출발이 이틀 늦었다. 시간도 엇비슷하니 인천공항에서 함께 만나 들어가자는 제안이다. 진우는 서둘러 가방을 싼다. 방문을 나서자, 노리코의 쪽지가 문틈에서 떨어진다. 주워서 읽어보니 그녀의 성정만큼이나 마음 깊은 영어 메모다.

"삿포로의 좋은 추억으로 간직되어지기를 바랍니다.
당신의 로망스를 위해. 노리코."

인천공항에 도착하자, 조카가 기내 가방을 안고 입국을 미룬 채 진우를 기다리고 있다. 조카는 아직도 한참 때 여자의 아름다움을 발하고 있다. 그런 한편, 훨씬 어른이 되어버린 자신이 이젠 어쩔 수 없는 중년의 아저씨로 보일 것이라는 생각에 진우는 기분이 씁쓸하다.

입국심사를 마친 후 서둘러 출구로 나오자. 조카의 친구라고 누군가 해맑게 웃으며 다가온 여자가 있다. 그녀에게 들국화 냄새가 난다. 낮은 플랫슈즈에 질끈 묶은 머리, 어쩌다 저 여인은 예쁜 얼굴을 하고도 자신을 방치하는가 하는 안타까움이 진우를 울컥하게 만든다. 그녀를 안고 반가움에 호들갑을 떨던 조카가 갑자기 그녀의 등을 세차게 내리치며 그녀에게 따지듯 묻는다.

"외도 상습범, 콘돔 놈과는 확실히 끝난 거지?" 그녀가 창피한 듯 눈살을 찌푸리며 진우의 눈치를 보며 어이가 없다는 표정을 지으며 그렇다고 못을 박는다. 조카는 그제야 생각이 났는지 자신의 삼촌(남자)을 가리키며 "우리 막내 삼촌인데 돌아온 돌싱남이야. 어때? 멋있지?" 하며 너스레를 떤다. 세 사람은 각자 나름의 유쾌한 기분으로 공항을 빠져 나간다.

사랑의 시작과 끝은 타인으로부터 온다

매서운 한파가 유난히 긴 올해의 겨울, 1년 만에 서울에 도착한 진우는 1년 전 떠날 때의 무거운 체증에서 조금은 벗어난 듯했다. 하지만 아내 세화와 이별의 아픔으로 허전해진 마음만큼이나 서울의 바람은 매섭기만 하다.

진우는 블랙 캐시미어 롱 코트의 깃을 세우고 인천공항에서 만난 조카, 그리고 외도 상습범 애인과 헤어졌다는 조카의 친구 애린이와 함께 허탈한 농담을 주고받으며 공항을 빠져 나올 때쯤 한 통의 전화를 받는다. 이혼한 아내의 장인이 돌아가셨다는 소식이다.

진우는 자신이 이혼한 사실도 잊은 채 장인의 대한 아련한 정으로 눈시울이 뜨거워진다. 진우는 이혼한 세화가 떠오른다. 하필 세화가 이혼으로 가장 힘들어 할 시기에 이런 일이 생기는 것일까. 혹 장인은 우리 부부 문제로 상심하다 더 일찍 돌아가신 게 아닌지, 부디 세화가 이 시련을 잘 견뎌 내 주기를 바랄 뿐이다. 진우는 조카와 함께하기로 한 저녁을 다음으로 미루고 서둘러 공항을 빠져 나온다.

한편, 기현과 연희는 라스베이거스 여행을 다녀온 후 결혼을 며칠 앞둔 오늘, 한강변의 신혼집에서 기현은 뜻밖에 연희의 임신 사실을 알게 된다. 당황한 기현은 연희의 임신 시약 결과를 함께 지켜보며 불안한 내색이 역력하다. 순간 연희도 기현의 그런 표정을 모를 리 없다. 말로는 기현이 "자신이 정력이 세긴 세군. 혼수품 1호로 한방에 볼을 넣었어. 아들이면 자신을 닮아 정력도 아주 센 놈일 거야"며 너스레를 떨지만 이제 완전히 발목 잡혔다는 생각이 든다. '이게 아닌데……. 기현의 인생이 이렇게 완전히 포위당해도 되는 건가!' 점점 기현의 머릿속은 하얗게 된다.

처음 두 사람이 사랑을 나눌 때는 서로 늦은 결혼이라 아이가 생기면 바로 낳자며 피임 자체를 하지 않았다. 그러나 막상 덜컥 아이가 생기자 두 사람은 이제 걱정이 앞선다. 아무리 결혼을 코앞에 두었다고 하나 아직 아이의 엄마 아빠가 될 마음의 준비가 덜 된 두 사람에게는 약간의 정서적 부담이 먼저 온 것이다. 기현이 혼란을 반가움으로 가장한 채 떠들어댈 때 연희는 침묵할 뿐이다.

연희는 만감이 교차하지만 비로소 한 아이의 엄마가 되며, 이제 가슴 속의 과거 진우를 완전히 내려놓을 수 있게 된다는 안도감이 크다. 하지만 오랜 기간 침잠되었던 진우의 존재는 금방이라도 누군가 그 상처를 건드리기라도 한다면 또 한 번의 고통을 겪어내야 할지도 모른다.

이제 연희는 기현의 아이를 갖고 과거 진우의 사랑이 곪지 않고 잘 아물기만을 바랄 뿐이다. 한때 유부남을 사랑했던 여자답게 차분하고 능숙하게 자신의 감정을 잘 주절한다. 그런 연희가 기현은 왠지 불안하다. '혹 자신의 아이가 아닐지도? 설마……' 기현은 시니컬한 성격의 연희 때문에 마음이 좀 복잡하다. 그러나 연희도 자신처럼 이제는 어쩔 수 없다는 생각에 그럴 것이라 믿지만 기현도 연희도 아이를 가질 수 있다는 반가운 이면에 이제 온전히 한 사람만을 바라보며 살아가야 한다는 부담이 두 사람의 맘을 무겁게 한다.

현재의 출발은 아이를 통해 두 사람을 더 굳건히 다지는 계기가 되었지만, 과연 기현과 연희가 청첩장의 서약처럼 '평생 한 사람만을 위해 아끼며 섬기며 사랑하며' 살아갈 수 있을지는 앞으로 두 사람이 살아가면서 풀어야할 숙제다.

한편, 진우는 집으로 돌아와 여장을 풀고 아내의 친가인 안동으로 향한다. 안동으로 가는 네 시간 동안 흐린 하늘에는 간간이 눈이 흩날린다. 장례식장에 도착하자 세화는 그간의 설움이 장인의 죽음으로 폭발한 듯 긴 통곡으로 남자를 맞는다. 상례를 마친 남자는 울다 지쳐 쓰러진 세화를 부축하여 뒤뜰 방으로 데리고 간다.

아랫목에 쪼그리고 누운 세화를 측은지심으로 바라보는 진우. 1년 만의 재회에도 안부를 물을 여유도 없이 죄인이 된 듯한 진우는 순간 아무 말도 못하고 울다 지쳐 누운 세화를 바라본다. 진우는 그간의 시간들이 주마등처럼 떠올라 만감이 교차한다. 어쩌다 우린 이 지경까지 왔을까? 진우는 담배 한 대를 피어 물며 생각한다. 울다 지쳐 쓰러져 잠이 든 세화가 가여워 이불을 끌어다 덮어주고 진우도 시차 적응이 안 되어 졸린 눈을 잠시 붙인다.

잠깐 잔 것 같은데 밖은 어둡다. 아랫목에 소복을 입고 누운

세화를 보니 자신의 몸이 서서히 뜨거워진다. 마치 소녀처럼 새근새근 숨소리를 내며 잠이 든 세화의 하얀 소복이 흰 눈처럼 진우를 설레게 한다. 진우는 다가가 세화의 얼굴을 어루만지며 살며시 안는다. 세화는 잠시 눈물에 젖어 부은 눈을 살며시 뜨다가 다시 감는다.

이혼한 아내의 부친상이 치러지는 장소에서 불경스럽지만 이것이 내가 세화에게 줄 수 있는 작은 위로가 된다면 하는 생각에 진우는 황급히 세화를 겁탈하듯 치마 속을 헤집고 들어선다. 치마 속을 하나하나 헤집으며 진우는 점점 다급해진다.

아내는 혹 창밖으로 소리가 새어 나갈까봐 불안해서인지 거부의 몸짓 없이 진우를 받아드린다. 오랜만에 안은 세화의 몸은 그간의 맘고생 때문인지 차갑고 건조했으나 은밀한 깊은 그곳은 진우를 빨려들게 만든다. 촉촉하고 감미로운 순간, 아! 이대로 그냥 같이 살까, 하지만 그건 아무래도 되돌릴 수 없는 헛된 생각이다.

격정을 나눈 두 사람. 그러나 왠지 어색하다. 몸을 나누면 조금은 달라질 거라는 진우의 생각은 오히려 서로에게 긴 침묵을 주고 말았다. 그렇다. 섹스는 한 방의 주사와도 같다. 주사 한 번으로 감기는 낫지만 깊은 병에는 찰나의 효과 밖에 없다. 서로가 온전히 자신의 사람이라는 느낌이 결여되어 있는 상태에서 나눈 섹스는 충족보다는 허무의 느낌이 강하게 밀려온다.

마침 밖에서 누가 서울에서 내려왔다는 소리가 들려 세화는 서둘러 옷매무새를 다듬고 옷고름을 여민다. 그러자 진우가 다가와 세화의 손을 잡고 "여보 미안해요. 나를 용서해줘요." 세화는 진우의 손을 잡으며 "이해해요. 우리 그냥 맘먹은 대로 살아요. 이건 아니잖아요. 오늘일로 달라지진 않아요." 세화는 서둘러 일어서 나간다. 나가며 "여보! 와줘서 고마워요.", "무슨 소리야. 와야지. 장인어른 아직도 나한텐 친부모님이나 다름없어." 세화는 진우를 잠시 지긋이 쳐다보다 나간다. 진우는

 사랑의 시작과 끝은 타인으로부터 온다

아무런 생각 없이 방 한구석을 지키고 있다.

세화는 금방이라도 쓰러질 듯하지만 잘 견뎌내고 있다. 진우는 그제야 제정신이 든 듯 일어나 방문을 열고 밖으로 나온다. 밖에는 가는 눈발이 흩날리고 있다. 진우의 머릿속에서는 마티니의 '사랑의 기쁨'이 흐른다. 제목이 지닌 밝은 분위기와는 달리 사랑의 기쁨은 짧지만 그 괴로움은 오래간다는 가사가 흐른다. "사랑의 기쁨은 어느덧 사라지고 사랑의 슬픔만 남았네……."

남녀가 만나 긴 시간 함께하며 좋은 시간보다는 힘들고 어려운 시간에 상대를 더 많이 알게 되듯, 아내를 통해 진우는 자신이 정서적으로 무척 많은 혼란을 겪고 있다는 것을 느낀다. 스스로를 통해 타인을 보고 타인을 통해 나를 보며, 우리는 내일의 출발은 타인으로부터 시작된다는 진리를 깨닫는다.

사랑하라, 그녀 또한 아름다우리라…

진우는 처가 장례식장을 나와 눈 쌓인 길을 홀로 걸어간다. 사람들 모두는 차가운 자연의 힘 앞에선 고개를 숙이고 걸어간다. 강추위가 귓불을 훑고 지나가는 사이 조카의 문자메시지가 들어온다. "귀국기념 조촐한 저녁 해요. 삼촌!"

저녁 시간을 넘겨 서울에 도착한 진우는 2차 장소로 합류하였다. 그곳은 강변을 끼고 있는 와인 바. 고소한 쿠키향이 코끝을 스친다. 문을 들어서자 조카와 친구가 함께 손을 들어 반긴다. 친구는 공항에서 만났던 애린이라는 여자다. 들국화 냄새를 풍기던 여자라고 진우는 기억한다. 실내분위기는 화려하지 않지만 차분하고 클래식한 우아함이 진우를 더 깊은 눈으로 주변을 응시하게 만든다. 조카와 애린이는 이미 술이 좀 된 듯 웃음소리마저 크고 유쾌하다.

레몬 향에 원두커피를 곁들인 압솔루트의 칵테일이 진우를 더 깊은 맛으로 이끈다. 강변의 밤풍경이 내려다보이는 와인바, 이곳에서 바라보는 서울의 한겨울 밤은 유난히 고즈넉하다. 진우는 오랜만에 평온한 여유를 느낀다. 서로 술이 취해 의미 없는 농담을 주고받는 사이, 두 사람만의 시간을 내어주려는 의도인지 조카는 급한 일이 있다며 나간다.

조카가 나가고 그녀도 의기소침했던 자신을 추스르고 있다. 백화점 문화센터에서 홍보 일을 한다던 그녀는 양손에 짐 가방이 유난히 많다. 오늘부터 특별 휴가란다. 술에 취하니 갑자기 그녀는 왠지 얼굴이 어둡다. 연유를 묻자, 강원도에서 목장을 한다던 그녀의 부모님은 구제역으로 그 시름을 견디다 지쳐 서울외가댁으로 올라와 휴식 중이란다. 구제역(RNA바이러스)이 전국으로 확산된 지금, 정부는 국가 재난경보로 선포하고 온 축산농가가 삶의 터전을 잃고 자식처럼 아끼던 소를 매몰시켜야만 하는 축산 농가의 슬픈 일이 이렇게 가까운 곳에서 일어나고 있다니, 진우는 순간 그녀가 안타깝다.

바로 어제, 그녀가 그토록 아끼던 소 '우렁이'를 땅에 매몰시키고 올라온 길이란다. 자신과 이십여 년을 함께 한 우렁이는 특별이 자신이 사춘기를 맞은 초등학교 육학년 때 여성으로 첫 생리기념으로 성인식을 기념하기 위해 부모님이 사준 소란다. 그렇게 그녀의 결혼 밑천이라며 잘 길러보라며 사들인 우렁이, 그녀는 마치 소를 잃은 슬픔이 그녀의 결혼마저 결빙되어버린 듯 통곡한다. 자신의 우렁이는 나이가 너무 많아 늦장 부린다고 부모님께 혼도 많이 났단다. 그러나 자신이 들어서면 어느새 일어나 반기며 울어댔단다. 참 사람이나 짐승이나 정이 들면 서로를 끌어당긴다는 힘은 의식적으로 인식하게 되는 것 같다.

진우는 그녀와 와인바를 나와 도심 한복판을 걷고 있다. 갑자기 그녀가 울음을 그친 탓인지. 이제는 좀 가슴이 풀린 것 같나며 갑사기 시골집에 가서 시원한 동치미 국물을 먹으면 완전히 나을 것 같다며 졸라댄다. 진우는 애린의 말소리가 떨어지기가 무섭게 자신도 얼음을 동동 띄운 동치미가 갑자기 먹고 싶어진다. 그동안 뉴욕생활에 기름진 음식에 갈증을 더했던 탓인지 애린보다 더 입맛이 당긴다.

두 사람은 약속이나 한 듯 강원도로 향한다. 바람은 어느 새 따스한 온기로 변한다. 강원도 그녀의 고향마을 어귀를 들어서자 마을 사람들이 몰려들어 매몰된 소들을 살처분한 곳에서 소들의 위령제를 지내는 듯 뿌연 연기와 징 장구소리가 요란하다. 옆에 앉아 있던 애린이는 또 울기 시작한다. 진우는 가만히 그녀에게 휴지를 건넨다. 몇 번의 코끝을 훔친 그녀는 민망한지 갑자기 남자와 거리를 두려는지 "삼촌, 고마워요"라고 뒤 늦은 인사를 덧붙인다. 진우는 그제야 그녀가 울음을 다했다는 사실에 빙그레 웃는다.

집에 도착하자 그녀는 자신을 아래채 온돌방에 책 한 권을 손에 들려 들여보내더니 이내 손놀림이 바쁘다. 자신도 돕겠다던 진우에게 그녀는 시골아줌마의 굵은 목소리를 흉내내며 손사래를 친다. "손님은 거기 계셔도 됩니다요."라며 빙그레 웃는다. "대신 간식 후 우렁이 방 위령제 삼아 함께 치워주세요." 진우는 선뜻 그러겠다고 약속하고 들어온다.

잠시 후 그녀는 뜨끈뜨끈한 고구마와 시큰하고 시원한 동치미를 내온다. 그러다 이내 그녀는 어느 하나를 놓친 듯 서둘러 나가 뒤뜰 장독대에서 땅속 깊이 묻어 둔 포기김치를 내온다. 두 사람은 이제 양반다리를 꼬고 앉아 시원하고 매콤한 동치미 국물을 한입에 후루룩 들이켜고 그녀의 가는 손이 김장김

 사랑의 시작과 끝은 타인으로부터 온다

치를 뿍뿍 찢어 진우의 입에 가져다 댄다. 진우는 순간 망설이다 받아먹는다. 두 사람은 이제 마치 한 가족처럼 스스럼없이 마냥 즐겁다. 두 사람의 입속에서 사각거리는 김치만큼이나 두 사람의 속은 시원하다.

간식을 마친 두 사람은 축사로 향한다. 삼십여 평 남짓한 축사는 주인어른의 소사랑만큼 잘 정돈되어 있었다. 다만 그녀의 마음 정리가 필요했던 것 같다. 몇 번의 두엄을 퍼내고 주변 정리를 마친 진우와 애린, 잠시 서로를 마주보고 웃는다. 진우는 장화를 신고 두건을 쓰고 애린은 전형적인 시골아줌마의 땡땡이 몸빼 바지다.

두 사람은 이제 영락없는 농부요 농부의 아낙이다. 두 사람은 오랜만에 서로를 바라보며 마냥 즐겁다. 그녀는 어느새 우렁이를 잃은 슬픔도 잊은 채 행복하다. 진우는 아내와 이혼 후 장인어른과, 들국화를 닮은 여인의 우렁이의 두 번의 장례를 시켜보며 우렁이가 자신을 이 여인에게 보내준 건지 진우는 자신이 알 수 없는 인연의 끈을 업보처럼 치러내고 있다는 생각을 한다.

오랜만에 축사를 치운 육체적 노동 때문인지 아니면 진우는 오랜만에 자신의 내면을 한 순간에 다 보여준 순진한 애린 때문인지는 몰라도 가슴 가득 흐뭇함을 느낀다. 진우에게 들국화 냄새를 풍겼던 애린은 여태 만난 여인들 중 가장 나이가 어림에도 불구하고 왠지 애린에게서는 가장 푸근하고 편하다는 느낌을 얻는다. 진우는 일상 속 한 여자를 만난 것 같은 설렘으로 마냥 흐뭇하다. 그러는 동안 진우가 늘상 아파오던 두통도 어느새 사라진 듯하다. 오늘 밤 만큼은 너무 피곤해서 간혹 떠오르던 노리코의 생각도, 아이 문제로 머리가 아픈 아내도, 매몰차게 연락을 끊고 결혼한 연희의 생각마저도 잠시 내려놓고 잠이 들 듯 하다.

이렇게 진우가 새로운 사랑에 눈을 뜰 때, 아내 세화는 자신의 등불과도 같은 아버지를 보내고 눈 덮인 깊은 산중 무덤 앞에 앉았다. 온 산하가 하얀데 세화의 머리만 유난히 검게, 한 다발의 국화꽃만이 세화와 그녀의 아버지 묘를 지킬 뿐이다.

세화의 아버지는 세화가 어머니의 뱃속에서 꿈틀대고 있을 때, 중국 북경대학의 연구교수로 가있던 때 같은 대학 연구조교이자 무용수와 열애에 빠졌다고 한다. 연수를 마치고 귀국을 서두르던 때 그녀는 아버지와 못내 헤어질 수 없어 두 사람은 밤새워 비오는 북경 시내를 걸었다고 한다. 도저히 헤어질 수 없어 아버지도 서울 생활을 청산하고 다시 돌아와 그녀와 함께할 것을 약속하고 한국에 왔는데 이미 서울 아내는 임신 중이라 그만 북경의 그녀에게 돌아갈 수 없게 된 처지가 되었다고 한다.

　세화의 아버지는 북경의 연인에게 편지로 어쩔 수 없이 이별을 선언했다고 한다. 그 편지를 받아 본 그녀는 아버지의 마음을 되돌리려 서울행 비행기를 타려고 공항으로 향하던 중 교통사고로 목숨을 잃었다고 한다. 그렇게 세화가 태어나자 아버지는 과거 연인의 분신이라며 세화를 애처로운 마음으로 길렀다고 한다. 이 이야기는 세화가 첫사랑으로 아파하던 때 그녀의 아버지가 들려준 사실이다. 당시 어머니와 아버지는 양가 부모님들의 성화로 정 없이 꾸려진 가정이었기에 있을 수 있던 일이다. 정 없는 아내와 자식의 대한 연민의 손을 잡고 사랑노래를 불러줄 수 있었던 건 단지 세화가 태어나 주었기에 가능했다던 일이라며 평온한 가정을 이룬 후 어머니에 대한 미안함과 함께 토로된 이야기다.

　그렇게 세화의 아버지는 이제 과거 사랑하던 연인에게로 갔다. 언제나 사랑은 가슴속 깊은 회오리를 동반한 세찬 파도를 지난 뒤 잔잔한 물결을 보이듯, 오늘 그녀는 가슴속 얼음장 같은 추운 공기 속을 지났다는 느낌이다. 모든 동물들은 겨울잠을 자지만 오로지 인간만이 매섭고 추운 겨울을 올곧이 맞서지 않고는 내면의 심연을 들여다 볼 수 없다는 것을 세화는 자연에게서 배운다. 세화가 잠시 시름을 놓을 때쯤 바람은 또 한 번 침엽수를 타고 몰아친다. 그 바람은 등골을 타올라 머리를 한 바퀴 휘돌아 세화의 볼을 세차게 훑고 간다.

눈보라치는 추운 겨울바람이 자신의 소망을 저 하늘의 신에게 전해주기를 세화는 기도한다. 아버지의 첫사랑에게도 자신의 기현과 남편에게도 세화는 노래한다. 안타깝고 슬픈 사랑이 다시 깊고 단단한 사랑으로 태어나주기를……. 세화는 눈 덮인 아버지의 묘지를 뒤로 하고 내려온다. 이제 심장 끝까지 타오르던 연정도 다 내려놓고 나니 세화의 두 볼에 닿는 찬 공기마저 왠지 정겹기만 하다.

귀에 들리는 선율은 아름다우나
들리지 않는 선율은 더욱 아름답다.
그러니 네 부드러운 피리를 계속 불어라
육신의 귀에다가 불지 말고 더욱 고귀한
영혼을 향해 소리 없는 노래를 불러라
영원토록 너는 사랑하고 그녀 또한 아름다우리라

존 키츠 '그리스 항아리에 관한 송시' 중에서

그들만의 푸른 섬

간밤 소리 없이 내린 눈이 아침이 되면 온 세상을 하얗게 뒤덮어 놓았다. 세화는 차가운 찬바람이 스미는 창을 닫고 부친 상례 핀을 뽑으며 그 동안의 슬픔도 함께 내려놓는다. 오랜만에 거울 앞에 앉으니 혈색 없이 초췌한 자신의 모습이 왠지 낯설기만 하다.

세화는 문득 외출을 서두르며 기현을 떠올린다. 그러나 이제 흐르는 물처럼 모든 것이 흔적 없이 가고 없는 현실 앞에 세화는 왠지 가슴 한구석이 먹먹하기만 하다. 이제 사랑하는 이 하나 없이 이 도시를 홀로 걸어가야 한다. 그동안 삶을 야무지게만 꿨던 부푼 꿈들이 풍선처럼 하늘로 날아가 흩어져 버렸다. 지금은 단지 초점을 잃은 관조어린 자신의 휑한 눈만이 이 도시를 응시할 뿐, 삶이 터무니없고 허무맹랑하고 부질없게만 느껴진다.

멍한 표정의 세화가 모는 차는 차가운 오후 번잡한 도심 한복판을 질주한다. 그러는 동안 아버지의 얼굴도 남편의 얼굴도 지금쯤 신혼의 단꿈으로 자신을 서서히 잊어가고 있을 기현의 얼굴도 스쳐 지나간다. 어느새 차는 기현과 함께했던 추억의 장소들을 지나가고 있다. 그러나 기현과 함께했던 추억마저 유효기간이 지난 듯, 기현과 함께 걸었던 거리, 함께했던 카페는 몇 개월 사이에 모두 공사현장으로 바뀌거나 다른 가게로 바뀌어 있다. 이제 온전히 그와 함께했던 추억의 장소들이 바람과 함께 사라졌다.

세화는 마지막으로 그를 떠올리며 차분히 차 한 잔을 마시고 싶었다. 그러면서 그를 내려놓으려 했다. 그러나 이제 그 추억마저 잔인하리만큼 되뇔 수 없게 됐다. 구차할 정도로 자

 사랑의 시작과 끝은 타인으로부터 온다

신의 인생이 휑하다. 그곳에서 기현을 기다리며 두근거리는 가슴을 억누르던 때는 얼마나 행복한 시간이었던가. 다시 그 시간은 오지 않을 것이다.

누군가의 말대로 더 많이 느끼는 자가 늘 손해라고…, 이제는 좀 삶을 포기하고 싶다. 그러나 기억을 되새기고 있으니 삶은 아직도 자신이 버거울 정도로 무겁다는 생각을 한다. 어느새 그녀의 차는 어느 백화점 앞에 닿았다. 아직 개장을 앞둔 화가 후배의 전시장으로 향한 그녀의 발걸음은 매장 쇼핑센터를 거쳐 재빠르게 사람들의 발길이 끊긴 매장의 후미에 자리한 전시장으로 향한다.

같은 시각 기현과 연희는 아직 태어나지도 않는 아이의 유아용품을 사느라 분주하며 신기하고 호기심어린 눈으로 매장 곳곳을 훑고 있다. 혼수용품이 아닌 유아용품이라니…, 기현은 조금 맥이 빠진 듯하지만 어쩔 수 없이 기현은 연희의 손에 이끌려 쇼핑중이다. 아이에 대한 생각으로 유아용품에 푹 빠진 연희, 그러나 기현은 여전히 몰두하지 못하고 허둥대고 있다.

그때 기현은 막 자기 앞을 지나치던 세화를 발견한다. 처음엔 설마 하면서도 혹여 그녀일까 싶어 그녀의 뒤를 따른다. 역

시 세화가 분명하다. 연희에게 갑자기 급한 일이 생겼다며 가
봐야 한다고 둘러대고 허겁지겁 연희의 눈을 피해 세화가 향
한 곳으로 재빠르게 간다.

　한편 세화는 이혼 후유증으로 한동안 만나보지 못했던 동창
선후배들을 만난다는 기쁨에 조금은 들떠 전시장을 들어선다.
아직 곳곳에 그림을 올리고 세우는 과정 속에 스텝들과 후배
의 손길은 바쁘다. 전위적이고 아방가르드한 유화의 전시장
풍경은 그녀를 한눈에 사로잡는다.
　유난히 꽃과 나비에 심취한 후배의 감성이 그대로 배어있는
듯하다. 오색찬란한 판타지 색을 적당히 버무린 전시장 안은
그윽한 조명을 적절히 받아 낸 꽃들로 눈부시다. 불타오르는
색채를 현미경으로 들이대듯 세화의 눈은 반짝인다.
　성스러운 꽃과 나비들이 춤추듯 너울거리고 이제 막 핀 듯
싱그러운 젊음과 같은 꽃은 한 계절 가장 아름다운 모습을 드
러내기 위해 몸부림치는 듯하다. 특히 여자의 심벌을 닮은 꽃
의 형상들은 마냥 그녀를 절정에 도달하게 만든다. 그것은 눈
에 보이는 대로 단순한 꽃은 아니다. 더더욱 눈에 보이는 대로
아름답기 만한 꽃이 아닌 듯하다. ‘붉은 카라’, 그것은 실물의
꽃을 넘어 작가의 상상을 곁들여 그려진 새로운 ‘카라’ 이다.

은밀하고도 율동적인 꽃겹은 마치 흑갈색 톤을 띤 여성의 음부와 닮았다. 여성의 본질을 과감하게 자연에 투영하였다. 마치 조지아 오키프의 꽃을 연상하는 듯하지만, 그와는 다른 그녀만의 독특한 색채를 발하며, 여성의 성기를 부푼 언덕으로 묘사한 겹겹의 형상들은 깊은 계곡을 연상시키며 절정에 도달한 듯했고, 틈새의 열린 공간은 V자형 구도로 성적 에너지가 강하게 뿜어지고 있다. 이는 남성에게 꼭 보이고 소유되는 존재로서의 꽃이 아닌 스스로 살아 숨 쉬며 주체적으로 절정에 도달한 꽃이다. 그녀는 마치 자신과 작가의 의도가 깊게 배인 에로티시즘의 절정을 본 듯하다. 솔직하고 대담한 후배의 성격만큼이나 그녀의 심장을 달아오르게 하는 힘이 엿보인다.

어느새 후배는 세화의 곁에 다가와 음료를 권한다. 세화는 칭찬의 말을 건넨다. "멋진데, 마치 사랑에 빠진 주체할 수 없는 뜨거운 가슴 같아" "정말요? 선배님. 제 그림보다 선배의 평이 더 그럴듯해요. 선배의 탁월한 감성은 남달라요. 늘 저를 들뜨게 하거든요." "그래? 네가 그린 꽃은 내가 남자라도 꺾어보고 싶을 것 같아…. 오랜만에 유쾌하고도 광활한 경이로움을 느꼈어! 멋진 전시회 축하해."

후배와 인사를 나누는 사이 누군가 그녀를 주시하고 있다. 기현이다. 그에 대한 그리움을 늘 억누르고 있었던 터라 행여 잘못 본 거겠지 하다가 이럴 수가…! 기현과의 우연한 조우에 사뭇 당황한 그녀는 그냥 멍하니 보고만 있다. 그러는 사이 후배는 황급히 다른 손님에게로 간다. 그녀와 어색한 만남을 만회라도 하듯 기현은 말한다. 늘 들뜬 목소리로 손을 위 아래로 흔드는 제스처를 취하며 "이 그림들을 살피며 생각은 당신에게 계속 머물게 되더군요. 당신을 닮았어요. 솟구치는 열정을 뿜어내는 힘…." "잘 지냈어요?" 세화는 당황스러운 듯 쓴웃음을 짓는다. 인사를 주고받는 사이 몸과 마음은 이미 서로의 대한 갈망으로 들떠있다.

후배에게 짧은 인사를 건네고 서둘러 나온 두 사람은 마치 약속이나 한 듯이 고속도로 위를 달린다. 한참을 달리던 세화의 차는 인천의 어느 자그마한 섬, 은은한 안개가 쌓인 신비로운 섬으로 들어간다. 해질 무렵 섬은 도시의 밤과는 다른 푸른 빛으로 서서히 변한다.

해변 자그마한 파라솔 아래 두 사람은 깊고 긴 키스를 나눈다. 그 사이 바다의 물이 섬 주변을 덮고 있다. 밀물이 찬 바다는 이제 푸른 세상으로 마치 두 사람을 감싼 듯하다. 두 사람은

마치 사랑이 떠나버린 후 무방비 사태로 방치된 몸의 반란인
지 아니면 전시장에서 본 그림 탓인지, 그동안의 그리움들이
한꺼번에 달려들 듯 두 사람은 이제 감당할 수 없는 상태로 불
타오른다.

　푸른 섬 속의 작은 모텔 방, 잠시 서로의 몸을 탐하고 일어
나 주변을 둘러보니 한밤중이다. 여자는 실오라기 하나 걸치
지 않은 알몸으로 남자의 팔을 베고 누워있다. 그러다 그녀가
말한다. "마치 사막에서 아름다운 상아를 발견하여 집으로 가
져온 것 같아요, 허름하지만 이 모텔은 예전에 꼭 와본 것처럼
친절하고 친근하군요.

　마치 당신과 나를 오랫동안 기다리고 있었던 것처럼요. 전
시장을 오기 전 예전에 당신과 함께했던 카페, 호텔, 음식점들
을 지나쳐왔는데 그곳엔 이미 어느 한 곳도 제대로 남아 있질
않았어요. 지금 생각해보니 마치 이곳을 선물하기 위해 특별
히 없애버린 것 같군요. 참 이상하죠. 당신을 다시 만나 오는
정서적 안정감 때문일까요. 알 수 없군요."

　세화의 말은 뭔가 신비로움을 가장한 듯 보였으나 기현은
그녀의 말을 믿기로 한다. 그녀와 함께 한 이곳의 방이 기현에
게도 낯설지 않기에…. 두 사람은 또 한 번의 절정으로 가파른

숨을 고른다. 이제 더 이상 만날 수 없다는 것을 두 사람은 알고 있다. 그래서 둘의 몸과 마음은 처음 만났을 때처럼 뜨거웠다. 서로를 미워하지 않고 떠나갈 수 있어, 아름다운 열정의 마지막 밤을 보낼 수 있어 다행이었다는 생각을 둘은 따로 또 같이 한다.

사랑이 결혼의 목적은 아니다

밤새워 남편 기현을 기다리다 지쳐 새벽녘 거실 소파에서 깜박 잠이 든 연희, 문득 깨이 벅시계를 보니 오진 6시다. 서둘러 휴대폰을 열어보지만 아직 남편 기현에게서는 연락이 없다.

드디어 올 것이 왔다. 여자들에게 반란을 던져준다는 남편의 외박, 외박의 시초가 외도라는 것쯤은 누구나 알 게 되듯 어쩌다 그 일이 연희에게 조금 빨리 왔을 뿐 그녀에게 전혀 무관

한 일이 아닐 거란 것쯤 예감하고 있었다. 결국 서로 확신이 없는 결혼을 미뤘던 이유가 적나라하게 드러나고 있는 지금, 연희는 그에 대한 원망보다 당연한 현실이 온 것처럼 담담해질 뿐이다.

비록 결혼을 약속하고 시작한 관계이지만, 그동안 서로의 마음에 대한 확신이 서지 않는 상태에서 아이를 가졌고 아이를 빌미로 결혼을 서두르기보다는 서로에 대한 깊이 있는 선택이 먼저라 생각했기 때문에 결혼식을 미뤘다. 그러나 연희는 결혼식을 늦춘다고 더 확신에 찬 결론이 주어지지는 않는다는 것을 알았다. 단지 결혼식을 늦춰 서로 머릿속 고민만 커졌을 뿐이다. 이미 뱃속엔 그의 아이가 자라고 있고 연희 스스로는 이미 그가 잡아매어 둔 여인네일 뿐이다.

라디오에선 쿠르티스의 '돌아오라 소렌토'가 흐른다. 아직 거실 밖 창밖에는 봄을 애타게 기다리는 자신의 소망과는 멀게 창밖 바람은 차기만 하다. 연희는 혹여 남편이 불의에 사고라도 나지 않았나 염려되어 라디오 볼륨을 줄이고 TV 뉴스를 켜고, 태어날 아이에게 입혀줄 옷을 짜기 위해 다시 손뜨개질로 바쁘다. 아직 그의 소식은 뉴스에서 볼 수 없다. TV를 끄고 다시 손뜨개질을 한다.

처음 기현을 만나 여리고 순진할 때에는 남편과 싸우고 따

 사랑의 시작과 끝은 타인으로부터 온다

지고 사과 받는 것만이 그를 자신의 사람으로 완전히 소유할 수 있다고 믿었다. 그리고 상대를 충분히 고쳐 나아갈 수 있다고 믿었다. 그러나 연희는 인간도 모든 자연의 본질처럼 시간의 흐름이 말해준다는 것을 알게 되었다. 그리고 그 세월의 흐름은 그녀에게 자연에 순응하는 길이 서로에게 가장 최선의 길이란 것을……

한강변의 오피스텔 창밖은 금방이라도 눈발이 휘날릴 듯 흐리지만 가슴은 왠지 후련하다. 오랜만에 연희에게도 진우가 휘트니스센터에서 마지막으로 기다린다며 보내온 문자를 상기한다. "사랑해 보고 싶었어!" 기현과 함께 했을 때 받은 문자라 지금 남편이 된 기현이 간혹 놀리지만 마지막으로 그가 사랑한다는 말만 하지 않았어도 그리움은 더 커졌을 것이다. 유부남인 그는 사랑한다는 말을 연희에게 건네면 스스로에게도 자신을 추스르지 못하게 빠져들 거란 생각 때문이었는지 유난히 아꼈던 말이다.

그러나 평소 그녀는 목마르던 그 한마디를 듣고 난 뒤부터는 진우를 잊었다. 아니 그때의 기억에 매이고 싶지 않았다. 언제든 자신 위주의 만남, 영문 모르게 진우에게 내쳐진 시간. 다시 지금의 남편 기현을 만나 아이도 갖고 평온을 되찾은 일상이 오려나 싶었는데, 또 다시 내동댕이쳐진 인생이라니….

여자의 운명이라고 말하기엔 삶이 너무 가혹하다. 제대로 피어보기도 전에 시들어 가고만 있는 사랑 앞에 연희는 맥이 풀린다.

그도 그렇지, 그 사랑을 믿는다면 자신 역시 아이 옷보다 남편 옷을 짜야겠지만. 연희는 이 어이없는 현실에 허무한 미소를 지으며 외박으로 부재한 남편 기현이 없는 텅 빈 집을 홀로 지키며 아직 태어나지도 않는 아이를 위해 손뜨개질을 하고 있다. 아니 어쩌면 연희는 아이보다는 자신의 무료한 인생에서 도망칠 유일한 시간의 출구를 찾아가고 있는 게 아닐까.

남녀의 만남도 악기의 소리처럼 각기 갖고 있는 제소리를 내면서도 서로의 소리에 주눅 들지 않고 묻히지 않는 삶을 살고 싶다고 늘 생각했었다. 필요 이상 무례하지 않고 강요하지 않고 적당한 온도의 가정을 꾸리며 서로의 세계를 열어주는 삶을 말이다. 그러면서 그녀는 자신이 유일하게 꿈꾼 삶은 결혼이 아닌 사랑이었다는 것을 깨닫는다.

한편 기현과 세화가 머문 푸른 섬에는 썰물이 휩쓸고 간 휑한 갯벌 둔덕만이 허연 속살을 드러내어 두 사람을 지켜보고 있다. 겨울바다 속 푸른 섬에는 이제 한가로이 고깃배 한 척만이 주인의 손길을 기다린 채 정박해 있다. 세화와 기현은 어깨를 나란히 하고 해변을 걷고 있다. 비릿한 바다냄새가 코

끝을 스치고 이내 두 사람은 바다가 보이는 한 횟집으로 들어
선다. 가벼운 횟감에 소주 한 병을 시켜놓고 먼 바다를 응시
하는 두 사람은 서서히 술기운에 젖어든다. 횟집 창 밖, 우뚝
선 고목의 겨울나무만이 이들을 응시할 뿐, 오고가는 이 없는
썰렁한 바다다. 기현과 세화만이 덩그마니 앉아 술을 나눠 마
시고 있다.

추운 겨울 잎이 지고 난 나무들은 나무 본래의 모습을 드러
내듯 두 사람은 이제 가릴 것도 없는 겨울나무를 닮았다. 각기
본래의 모습으로 지극히 선해 보인다. 꽃이 지고야 열매를 맺
듯 잎이 진 나무들은 비로소 침묵의 세계에 젖어든 듯하다. 그
렇게 기현이 겉으로는 나무의 표정을 닮아가는 듯하지만, 안
으로는 잠시도 S에게 향한 시선을 멈추지 않는다.

세화가 술기운으로 가물거리는 눈을 뜨고 힘없이 바다를
바라 볼 때, 기현은 세화에게 줄 쌈을 정성으로 싼다. 세화는
기현이 긴넨 쌈을 오물기리는 작은 입술로 가볍게 받아머는
다. 이를 놓칠세라 기현은 달려들어 세화의 두 볼에 키스한
다. 한 낮 모두가 떠나간 정적이 쌓인 섬에 오로지 두 사람만
이 달려가는 시간을 붙잡고 있다.

그렇게 두 사람은 소주 서너 병을 나눠 마시고 잠깐 술기운
을 깨기 위해 들어간 모텔 안. 웨이터는 이 모텔 주인이 취급한

다는 아로마 향을 건넨다. 술에 취해 들어간 한적한 섬의 모텔 방안에는 지난밤에 없었던 헬스기구와 비슷한 성기구들이 즐비해 있다. ‘러브체어’다. 기현은 술기운 때문인지 한낮 따스한 햇살 받아 창가에 기대 서 있는 세화의 몸 실루엣이 유혹적으로 보인다. 기현은 오늘을 마지막으로 세화를 보내야 하는 아쉬움 때문인지 정욕 때문인지는 알 수 없으나 솟구치는 욕구를 억누르지 못하고 세화에게 달려든다.

기현의 혀는 그녀의 가느다란 목선에서부터 붉고 촉촉한 입술을 훑는다. 점점 거친 기현의 손은 이내 세화의 가늘고 짤록한 허리를 앞당겨 끌어안고 적당한 볼륨감으로 기현을 흥분케 했던 가슴을 쏜살 같이 움켜 쥐어들어 애무한다. 세화 역시 기현의 도발적으로 다가서는 입술과 손아귀에 온몸을 맡긴 채 그의 머리를 쓸어내리며 가파른 숨을 내쉰다. 순간 그녀는 심장이 멈출 것 같은 온 몸의 전율을 느낀다.

아! 누군가 이 숨가쁜 순간에 죽는 이는 행복하다고 했던가. 이어 한동안 절정으로 치닫던 몸의 열기 때문인지 간간히 창밖으로 들어오는 바람은 두 사람의 얼굴을 시원히 훑고 지나간다. 간혹 술 냄새가 서로의 입김으로 흘러나오지만 기현이 엿본 세화의 어여쁜 얼굴에 얌전한 자태는 이내 간헐적인 떨림으로 신음한다. 점점 기현의 손끝에 느끼지는 세화의 감촉

 사랑의 지작과 끝은 타인으로부터 온다

은 그녀의 살결마저 곱고 아름답다. 그녀의 눈꼬리를 타고 흐르는 고운 화장은 마치 초승달 같고 얇은 블라우스의 내비치는 젖가슴은 날개달린 천사의 모습 그대로다.

기현은 뱀처럼 길게 내민 혀로 그녀의 붉은 뺨과 엷은 미소를 훔치듯 핥고 그녀를 러브체어에 눕히고 긴 호흡을 토해낸다. 연이은 세화의 육체의 늪에 빠지면 빠질수록 그녀의 귓가에 은은히 흐르는 향수 또한 기현의 정욕을 부추긴다. 기현은 또 한 번의 광활한 들판으로 내달리며 격정의 신음을 토해낸다. 이내 그녀의 배와 가슴에 희뿌연 액체를 쏟아내고 세화는 간헐적인 미성으로 호흡을 내뱉는다. 이내 남자는 그녀의 입술을 훔쳐 길고도 긴 키스를 한다. 언제나 감미로운 속삭임을 일삼듯 기현은 세화의 귓가에 "우리 이대로 살까? 아직 결혼식 전이니 당신만 좋다면, 당신이 나의 아이도 길러주고"

그러나 세화는 기현을 어린아이를 다루듯 긴 침묵으로 그를 주시하며 기현의 배 위에 아로마향을 뿌려 마사지를 시작으로 그의 몸 곳곳을 깊고 긴 리듬으로 매만지며 애무한다. 이어 세화의 섬세한 손길은 그의 입술로 가슴으로 배꼽으로 절정으로 치닫는 우주의 심벌을 자극한다. 남자는 격정의 호흡을 또 한 번 토해내며 세화의 이브의 심벌을 애무하며 두 사람은 물구

나무 자세로 러브체어 기구에 매달려 측면 69자세로 하나가 되었다. 두 사람은 이제 끝 모르는 깊고 긴 사랑을 나눈다. 절 정의 시간을 나누고 두 사람은 술기운과 사랑의 노곤함으로 잠시 잠이 들었다. 그러나 기현이 해거름 눈을 떴을 땐, 이미 세화는 떠나가고 없고 그 자리엔 세화의 정갈한 편지 한 통만 이 놓였다.

기현! 친절한 당신께!

　잠깐 스쳐갈 줄 알았던 당신과의 만남이 제 인생을 흔들고 이렇게 새로운 인생을 눈뜨게 할 줄은 몰랐습니다. 언제나 제게 당신은 늘 파랗고 선명 한 예감으로 제 인생을 뒤돌아보게 했습니다. 그동안 당신을 만나기 전 저는 무료한 일상 속 평온하기만 했 던 남편과의 결혼생활에서 가슴 솟구치는 울림이 무엇 인지도 모른 채, 마음 붙일 곳 없는 정열을 가슴깊이 감추고 쓸쓸히 웃고 사는 적막한 얼굴이었습니다.

　그러나 당신을 만나 제 몸과 마음의 깊은 소리를 듣 고 제 미래도 생각하게 되었습니다. 그것은 꼭 당신 의 말처럼 우리가 함께 사는 것만이 이룰 수 있는 사랑이 아니라는 것도 알았습니다. 언제나 가슴속 깊이 담아두고 간혹 당신을 그리며 버거운 삶이 올 때마다 당신과 나눈 사랑의 힘으로 이어서겠습니다. 언젠가 세월이가면 그립고 아쉬운 마음도 희미해지겠지요.

하지만 누군가의 말처럼 과거를 되새기지도 말고, 미래의 기대지도 말고, 현실을 살아가기를 바랍니다. 이제 당신도 새로운 봄을 만나 묵은 것을 버리고 타성에 젖지 않고, 자유로이 새것을 받아들이시기를 바랍니다. 이 겨울 푸른 섬이 고마운 것은 이제 당신 곁을 떠나 더 자유로이 더 단순히 소박하게 살아가게 합니다. 당신의 사랑하는 세화가…

편지를 내려놓고 황망히 바다를 바라보는 기현의 머리 위로 쿠르티스의 '돌아오라 소렌토로'가 흐른다. "아름다운 저 바다와 그리운 그 빛난 햇빛 내 맘속에 삼시라도 떠날 때가 없도다. 멀리 떠나간 그대를 나는 홀로 사모하여 잊지 못할 이곳에서 기다리고 있노라. 돌아오라. 이곳을 잊지 말고 돌아오라.

사랑의 형태는 다양하게 온다

연희는 밤새워 짠 아이 옷을 가지런히 개서 화장대 위에 올려놓고 태어날 아이에게 입힐 생각을 하니 마냥 흐뭇하다. 아직도 남편은 들어오지 않았다. 간 밤 무리하게 짜낸 아이 옷 때문인지 피곤한 몸을 가벼운 스트레칭으로 푼다. 이어 연희는 서둘러 요가복을 챙겨 현관문을 열고 나오려다 잠시 생각한다. 곧 들어올지 모를 남편을 위해 밥이라도 챙겨두고 갈까하다 그대로 나온다.

연희는 집을 나와 하늘을 보며 중얼거린다. 도대체 기현(남편)은 무슨 생각을 하고 사는 걸까? 살결에 부딪히는 바람은 봄이 오고 있음을 알리는 데 아직 자신의 삶의 온기는 불확실하게만 느껴진다. 거리의 사람들마다 어디를 보고 있는지 모를 만큼 무표정한 얼굴들이다. 문득 현실을 벗어나서 자신만이 미로 공간 속으로 빨려드는 듯 사람들은 다소 염세적이거나 모든 것을 포기한 듯하다. 그나마도 말을 이어가는 사람들은 휴대폰을 들고 걸어가는 이들. 그들마저 연희가 보는 눈엔 도시의 또 다른 전자회로의 음모에 휘둘리는 듯하다. 도시의 한 낮은 온통 암흑 속 같다.

자신도 누군가에 의해 미로 속 시공간으로 초대되어 빨려들 듯 들어간다. 백화점 문화센터다. 낮고 섬세한 울림의 명상곡들이 콘크리트 벽에 부딪쳐 때로는 경쾌하게, 때로는 우아하게 울려퍼지고 있다. 몇몇의 여인들이 요가선생의 지시의 따르며 감미로운 음악에 맞춰 동작을 해내고 있다. 연희도 한곳에 자리잡고 앉았다.

요가를 마치고 명상의 시간, 곡차 한 잔씩을 앞에 두고 눈을 감고 있다. 이어 요가선생의 목소리가 이어진다. "차의 향기를 느끼며 차분히 오늘을 그려 보십시오. 오늘 하루를 살자면 다양한 마음들을 끌어안아야만 합니다. 잠시 그 마음에 여유를 갖고 기다리십시오. 분투하는 나, 명상하는 나, 서글픈 나, 괴로운 나, 즐기는 나, 외로운 나, 절제하는 마음들로 평화롭게 때로는 뜨거운 추진력으로 끌고 가시기를 바랍니다." 요가 선생의 말도 끝이 나고 침묵이 흐른다. "자 이제 눈을 뜨고 차를 마시고 마음을 정리하시기를 바랍니다."

연희는 요가 도중 들끓어 오르는 기현(남편)을 떠올리며 그 분노를 어떻게 내려놓을지 감당할 수가 없다. 그러나 명상이 끝나고 눈을 떠 차향이 느껴지는 순간 자신을 지켜보던 요가 선생과 눈이 마주치자 내심 마음을 들킨 양 부끄럽다. 요가 선생은 눈이 마주치자 다가와 명상 중 왜 그리 고통스러워했느냐는 듯 살며시 연희의 어깨를 감싸고 지나간다. '명상을 많이 하신 분이라 타인의 분노와 고통이 다 보이는가 보다' 연희는 타인에게까지 들킨 자신이 한심스러워 찻잔을 움켜지고 기현을 이해하려 애쓴다.

한편 기현에게 편지를 두고 나온 세화 역시 머리가 무겁다. 하루 종일 일도 안 잡히고 분주하기만 하다. 꼭 뭔가 잃어버린 듯 정신이 없고 지나가는 남자의 뒤통수가 다 기현 같고 흰색의 승용차만 봐도 기현의 승용차로만 보인다. 그를 마음속에서 완전히 내려놓으면 시원할 줄 알았다. 그리고 다시 누군가를 제대로 만날 수도 있을 것만 같았다. 그러나 왜 이렇게 가슴은 허전하고 쓸쓸한 것인지. 가장 소중하고 아끼던 물건을 분실이라도 한 듯 아무 일도 손에 잡히지 않는다. 친구의 말대로 헤어지는 과정일까도 생각했다. 그러나 아침 아이 유치원 보내는 시간조차 놓치고 말았다. 결국 유치원에서 전화가 오고야 정신을 차린다.

세화는 이제 다 내려놓으면 뭔가가 올 거라는 기대가 아무것도 오지 않을까봐 두렵다. 한심하게 세화는 아직도 '당신 없인 못 살겠어'라며 기현이 모든 것을 버리고 와 주기만을 기대했던 것일까. 세화는 아직도 기현의 대한 미련을 버리지 못하고 실오라기 같은 기대를 하고 있는 자신이 한심하기 짝이 없다. 기현도 남편도 놓고 온전히 자신의 미래를 위해 살아보겠다던 자신은 온데간데 없다. 세화는 마음을 추스르며 곧 있을 동문들과 쇼 케이스 갈라 공연을 앞두고 백화점 공연장도 점검하고 운동도 해야겠다고 마음먹고 집을 나선다.

훈훈한 열기가 가득한 백화점 문화센터 내 찜질방 안. 세화는 간혹 기현은 지금쯤 어떻게 하고 있을까 궁금해지려던 차 이제 막 요가를 끝난 몇몇의 여인들이 찜질방으로 들어선다. 삼삼오오 어수선하다. 앳된 20, 30대 후반부터 40대 전 후반

여성까지 다양하다. 갑자기 세화 혼자 몸에 땀도 좀 빼고 조용히 기현의 생각도 정리하려던 순간은 이젠 사라져버렸다. 곧이어 요가선생이 들어오면서 세화를 반긴다. "오랜만이시네요. 잘 지내시죠." "네, 많이 바빴어요. 새해 들어 신입회원이 많이 들어왔나 봐요. 네. 몇 분." 가까이 연희를 가리킨다. 연희는 가볍게 세화에게 눈인사를 한다.

이어 요가선생은 연희에게 "오늘 기분이 썩 좋아보이진 않던데 괜찮아요?" "예, 밤에 잠을 좀 못 잤거든요." "왜? 남편이 속 썩여요?" 연희가 겸연쩍게 웃자. 나이든 중년부인이 대뜸 "남자가 여자 잠 못 자게 하는 일이 따로 있어요? 얼굴색 노랗게 떠 한 숨 쉬면, 남편 외박의 바람이 뻔하지. 딴 이유 뭐 있어. 새댁 얼굴 보아하니 정사로 뜬 얼굴은 아니고 뜨거운 정사라면 화색이라도 돌지. 어때? 내 말 맞지. 새댁!"

연희가 쓴 웃음을 지으며 "귀신이네요. 돗자리 펴세요," 그러자 아줌마들 한마디씩 거든다. 잠시 구석에 있던 세화가 눈을 반짝이며 연희의 얼굴을 훔쳐본다. 혹 기현의 아내가 아닐까란 생각도 해보지만 설마. 왠지 모를 죄책감이 인다. 같은 여자로서 그러고 보니 어디서 본 듯한 얼굴인데 생각이 나질 않는다. 으레 예쁘장한 여자들은 많이 본 듯하니 그러리라 생각하지만 그래도 저 눈빛은 어디서 꼭 본 듯하다.

그러는 사이 아줌마 아가씨 할 것 없이 사랑에 관한, 남녀에 관한 할 말이 많은 듯 조용하던 찜질방이 소란스러워진다. "당장 남편 휴대폰을 추적 하라", "왜 참고 사느냐 따져라", " 초장에 잡아라. 그렇지 않으면 버릇된다." "이혼할 자신 없으면 그냥 모른 채 해라."

결국 요가선생이 거든다. 결혼해서 주도권 쟁탈전에 3년, 자신의 정체성 찾는데 10년의 가까운 세월을 보낸다는 것이다. 그렇게 또 아이 낳고 정신없이 살다 보니 헤어지는 시기도 놓치고 경제력 때문에도 그냥 사는 사람도 많단다.

이에 이십대 여성이 소리친다. "왜 그렇게 인생을 대충 살아요. 자신의 몫이 있고 소신이 있는데 왜 그렇게 묻혀 살려고만 해요." 세화는 그제야 속이 확 풀린다.

그러자 오십대 여성이 거든다. "여자가 애 낳고 살면 별 수 있니. 뭐 너도 살아봐라. 인생 별 거 없다." "우리 세댄 그렇게 살진 않아요. 아이 인생은 아이 인생이고 내 인생은 내 인생이죠. 왜 그렇게 서로 짐이 되어 살아야 해요. 저도 얼마 전 남자친구와 헤어지고 아이를 유산했어요. 도저히 아이를 혼자 키울 자신이 없어서요. 혼자 키우려다 집에서 반대해서죠. 집안에서 도와주지 않고 키울 능력이 아직 안 되니까요. 뭐 잘못 됐나요?"

　너무도 당당한 그녀 앞에 다른 여인들은 입을 다문다. 예전 같으면 감히 꺼내지도 못할 처녀가 아이를 갖는 일을 저렇게 당당하게 말할 수 있다니 과연 신세대다. 세화는 기가차기도 하고 점점 다른 세계로 향한 듯 모두들 으레 그러려니 앉아 있다. 그러자 20대 후반의 그녀가 당연하다는 듯이 또 한마디 더 한다. "저는 저 혼자만의 사연이라 생각 안 해요. 다들 각자의 사랑의 사연들이 있잖아요." 갑자기 세화를 보며 "다들 애인들 있잖아요?"

　그러자 할머니 한 분이 대뜸 "왜? 멀쩡히 잘 사는 주부들까지 흔들어. 그럼 못써 아가씨." 이내 요가선생이 나서서 기다렸다는 듯이 장광설을 늘어놓는다.

　"사랑의 형태는 다양하게 오죠. 꼭 결혼해서 아이를 낳고 살아야 정상이고, 남녀의 불꽃 튀는 사랑만이 전부는 아니죠." 20대 여성을 가리키며 "비록 남자 친구와 헤어졌지만 친구로도 지낼 수 있는 우정에 가까운 사랑도 할 수 있고, 때론 남편을 연인처럼 친구처럼 때로는 아이처럼 껴안고 살아가는 사랑도 있어요. 그러니 이 사랑은 옳다 저 사랑은 잘못됐다 할 수 없는 미묘한 관계들이 살아가다보면 존재하게 되지요."

　"왜 사람들은 그렇게 어설프게 엮어가려고만 하죠? 한번을 하더라도 뜨겁게 아니면 과감하게 헤어지고 못 살아요.”

“그러니 나약한 인간이죠. 그보다 나은 사람을 못 찾을 것 같은 불안감도 있지만 그것 역시 사랑이죠. 비록 남녀가 만나 처음처럼 들뜨고 설레는 사랑은 아닐지라도 묵히고 익숙한 편안함 같은 것이죠.”

“참 인간이 편리하고 간사한 동물이네요. 전 그래서 나이 먹기 싫어요. 뭔가 분명하지 않잖아요. 뭐든 애매모호하고 위선적이에요.”

“한 사람을 냉정하게 떨쳐내었다고 해서 그 사랑이 다 한 것만도 아니죠. 특히 나이가 들던 나이가 어리든 부와 명예를 다 갖추었다 해도 누군가에게 온전하게 다 욕구를 채워줄 수가 없기 때문이죠.”

모두 요가 선생의 말에 홀린 듯 아무 말이 없다. “모두들 다 조금 씩 장단점을 갖고 있기 때문이기도 하죠. 프랑스 철학자 사르트르에게는 세 명의 여자가 있었죠. 평생 연인이자 친구이며 동반자가 되어준 시몬느 드 보봐르, 영원한 젊음의 상징인 올가, 가장 보편적인 사랑을 꿈꾸며 평범한 일상을 공유하기를 원했던 연인 돌로레스 바네. 사르트르와 그들의 특별한 사랑은 평생 진정한 사랑을 찾는 모든 이들에게 자유로운 영혼의 울림을 주기도 했어요.”

유명인의 이름까지 나오니 모두는 더욱 말이 없다. "참 사랑이 이기적이죠. 한 사람으로 다 채워지지 않다니 그 사랑이 진정 자유로 화해가 가능하기는 한가요. 비합리적이고 심술궂어 고통스럽고 외롭지. 정말 사랑은 악마적이기까지 하네요.

요가 선생은 멍하게 바라보는 사람들이 자신의 말에 감동한 것으로 생각하며 멋진 말로 피날레를 장식하고자 한다. "그러나 그 역시 사랑 앞에 자유롭기만 했을까요? 다만 그는 한계를 극복하고자 했을 뿐 사르트르가 택한 사랑법이었죠. 완전한 스스로의 사랑법은 아니지요. 그 모순에 빠지지 않기 위해 우리 모두 자신에게 맞는 사랑법으로 사랑을 솜씨 있게 다루는 스킬을 나름대로 모색해야 하지 않겠어요?"

한동안 침묵이 흐르는 가운데 수다스럽던 여인들은 하나 둘씩 찜질방을 나가고 요가선생도 나가고 이제 세화와 연희만이 덩그마니 남았다. 그 위로 베르디의 '히브리 노예들의 합창'이 흐른다. "가라 상념이여, 금빛 날개를 타고."

a Lovely Spring........

봄의 왈츠를 그대와

연희는 찜질방을 나와 요가 선생의 말을 되새긴다. 자신만의 사랑법이라……. 최고의 스킬은 과연 어떤 것일까. 가장 자신다운 사랑이 무엇일까. 골똘히 떠올린다. 그러나 아직 확신이 서질 않는다. 연희에겐 순정은 있는데 대상인 기현의 심중이 불안할 뿐이다. 연희는 여러 생각들로 복잡한 상태에서 집으로 향한다.

골목 어귀 꽃가게에 들러 후레지아 한 다발을 산다. 후레지아의 꽃말은 청향, 우정, 전진이라고 한다. 봄 향기가 이제 연희의 가슴으로 들어온 듯 연희의 얼굴에도 꽃이 핀다. 유난히 추웠던 지난 겨울, 그 혹독한 겨울이 있었기에 따사로운 봄이 연희에겐 더 귀하게 느껴진다. 후레지아 향을 맡는 연희의 머리 위로 멘델스존의 '무언가 중 봄 노래'가 흐른다.

기현은 외박을 하고 집에 들어선다. 현관문을 살며시 열고 들어와 보니 연희(아내)는 보이지 않는다. 아내가 부재한 틈을 타 들어와 한편 다행이면서도 도대체 저녁이 다 되어도 돌아오지 않는 아내가 어딜 싸돌아다니는지 짜증스럽기만 하다. 더구나 저녁밥도 해놓지 않고 말이다.

기현은 대충 라면을 끓여 먹고 안방에 들어선다. 겉옷을 벗어놓고 간밤의 노곤함 때문인지 한 숨 자야 할 것 같다. 막상 침대에 누워 한참을 뒤척여도 잠은 오지 않는다. 세화의 편지도 생각해보니 처음엔 생각이 깊은 여자인 것처럼 생각되었는데, 집에 와 연희가 없는 탓인지 모든 여자들이 하나같이 위선적이고 가증스럽게만 느껴진다. 어쩌면 하나 같이 이기적이고 자기위주로 행동하는 단순한 동물들인지 모른다는 생각이 든다. '그냥 적당히 즐기면 될 것을 여자들은 뭐가 그리 복잡하고 형식이 많은지…….'

그러다 갑자기 뭔가가 눈에 띈 듯 기현은 벌떡 일어나 화장대로 간다. 화장대 위에 연희가 밤새워 짠 아이 옷을 집어 든다. 갑자기 기현이 아이 옷을 바닥에 내동댕이친다. '이런 청승떠는 여자와 내가 사니 늘 이 모양 이 꼴이지' 황당하게도 세화가 없는 인생이 덧없게 느껴진다. '사춘기도 아니고 내 꼴이 지금 뭔가. 나는 왜 이렇게 복잡하게 사는 걸까. 내가 진정 뭘 바라고 있었던 것일까.' 등의 생각으로 기현의 머릿속은 어지럽기만 하다. 그리고 늘 똑같은 생각은 '이제 한심한 여자들에게 더 이상 휘둘리지 말아야 한다는 것이다.'

"늘 진정한 삶은 언제나 여기 아닌 저 너머에 있다"는 랭보의 말을 읽은 순간부터 자신의 삶은 늘 혼돈으로 점철된 듯하다. 뒤늦은 성장통도 아니고 이게 뭐란 말인가. 기현은 자신의 인생이 황당하게 흘러간다는 생각으로 뒤척이다 잠이 든다.

뒤이어 기분전환이 조금은 된 듯, 연희는 허밍으로 노래하며 한 다발의 후레지아를 안고 현관문을 들어선다. 그러나 연희는 현관문을 들어선 순간부터 눈살을 찌푸린다. 기현이 경박하리만큼 아무렇게나 벗어 던진 신발 때문이다. 연희는 기현의 신발을 가지런히 모아두며 요가선생의 말을 떠올린다.

이래서 여자들이 남편을 아이 키우듯 살아가나보다. 위로 아닌 위로를 하며 안방으로 들어선다.

기현은 가관이게도 침대에 대자로 드러누워 코는 대갓집머슴처럼 크르릉거리며 온 집안을 들썩이며 골아댄다. 한심한 기현을 바라보며 연희는 바닥에 내동댕이쳐진 아이 옷이며, 여기저기 아무렇게나 벗어던진 기현의 와이셔츠와 바지를 주워든다. 셔츠에선 강한 여자의 향수 냄새와 붉은 루즈가 묻혀 있다. 순간 연희는 '뻔뻔하게 누워있는 기현의 목을 셔츠로 돌돌 말아 숨도 못 쉬게 죽여 버릴까, 아니면 저 가관으로 자는 얼굴에 이불을 뒤집어 씌어 발로 질근질근 밟아 죽여줄까.' 순간 많은 생각들로 기현을 해칠 생각을 해본다. 그러나 연희는 너무나 기가 막혀 잠자는 기현을 황망히 바라보고만 있다.

그 원망의 눈빛을 의식했든지 기현은 순간 잠을 깨어 자신을 내려다보는 연희를 올려다보고 놀랜다. 그 얼굴 위로 연희는 들고 있던 기현의 와이셔츠를 기현의 얼굴 위로 내던진다. "바람을 피워도 티 안 나게 좀 피워 등신." 연희는 기현을 향해 눈을 흘기고 안방에서 나온다. 연희의 등 뒤로 기현은 "바람은 무슨 바람이야! 친구들하고 어울려 룸살롱에서 한잔 한 걸 가지고 트집은 웬 트집이야. 그러는 자기는 종일 싸돌아다니다

  사랑의 시작과 끝은 타인으로부터 온다

저녁도 안 지어 놓고 어디 갔었어?"

연희는 기현의 말에 대답할 가치를 잃고 베란다 화분에 물부터 준다. '남자들은 왜 하나같이 룸살롱 여자 핑계를 대는지, 술집여자와 놀았다면 면책특권이라도 주어진 것처럼 왜 그렇게 아무렇지 않게 말들을 할까. 흥 그 거짓말을 믿으라고 한심하긴' 연희는 거듭되는 이런 생활이 언제까지 이어질지 서글퍼진다. '사랑이 결혼을 위한 기초가 아니라 해도 결혼은 사랑을 위한 기초여야 할 텐데……' 혹여 사랑받지 못하는 결혼생활이 계속 될까 두렵다.

누군가 사랑받는 것은 이 세상에서 두 번째로 멋진 일이라면 가장 멋진 일은 사랑하는 일이라고 생각해 왔다. 그렇다면 더 이상 그를 사랑하게 될 수 없이 고통스러운 동거를 계속해 나가야 한다면 얼마나 끔찍한 일인가. 연희는 봄 햇살을 받아 새초롬하게 새싹을 피운 푸른 입을 어루만지며 소망한다. 제발 이 모든 시련이 가고 이 새싹처럼 맑고 선명한 사랑이 이 집 안 뜰에 다시 태어나 주기를, 그리고 기현과 함께 했던 인연들에도 새 기운으로 다시 각자의 삶을 올곧게 살아가 주기를 기도한다.

연희는 꽃 화분을 고루 매만지며 이 상황을 기현에게 상처주지 않고 어떻게 해결해야 할지 잠시 생각한다. 언젠가 회사에서 소통이라는 화두로 화목한 가정 만들기 세미나를 들은 적이 있다. 그 적합한 상황들이 순간 떠오른다.

부부는 가정생활의 갈등을 평화롭게 해결해야 할 방법을 모색해야 한다고 했다. 하지만 그게 과연 현실에서 가능한 일인가. 남녀가 갈등이 생기면 저항하고 억누르고 성숙한 대화를 잊어버리는데 그것은 다 어릴 적 폭력적 사고방식에서 비롯된다는 것이다.

예를 들어 아이가 놀다 책상에 부딪혀 다치면 아이를 안고 "때찌" 하며 책상 다리를 한 대 때리고 아이에게도 와서 때리라고 한다. 이때 아이가 배우는 것은? '아 이런 것이구나. 내가 아플 때는 그 책임을 다른 사람에게 떠넘기고 내가 힘이 있을 때는 상대를 때리는 것이구나' 고 배운다. 이때 배운 버릇이 여든까지 간다니……. 이 상황에서 건강한 소통을 가르치려면 우선 아이에게 "아팠어? 놀랐구나"고 위로해 주고 "책상도 아팠겠네. 다음부터는 안 아프게 여기에 수건을 감아놓자"고 말해야 한다는 것이다.

서로 배려하는 소통이 가능해지는 이야기다. 소통의 유형에는 자칼형과 기린형이 있다. 자칼형은 비난하고 따지고 강요하고 싸우고 시키면 시키는 대로 하지 않는다고 호통을 친다.

이로 인해 모두 외롭고 더 고통스런 시간을 보낸다. 반면 기린형은 있는 그대로 상대를 기다려주고 관찰하고 느낌과 감정을 이해해주고 그의 욕구를 찾아 상호 문제해결점을 찾아가는 소통이다. 이렇게 장황한 상황들까지 되새기며 연희는 자신만의 사랑을 지키려 애쓰고 있다.

그러나 기현은 아직도 머슴처럼 안방에서 잠에 빠져 있다. 연희는 잠시 맥이 빠졌지만 인내심을 갖고 성숙한 소통을 모색해 보기로 한다. 왜? 아직 뱃속에 아이가 꿈틀대고 있으니 그 아이의 미래를 위해서라도 기현과 건강한 소통을 하지 않으면 안 되기에. 다만 기현에게 어떤 식으로 자신의 분노를 누르고 표현해 해결 방안을 찾을 것인지 정해야 할 것 같다.

"당신 왜 자꾸 거짓말을 했어?" 라며 자칼형으로 혼을 낼 것인지, 기린형으로 대화를 할 것인지. 과연 그는 기린형의 대화를 순순히 받아들여 줄지도 의문이다. 그러나 연희는 기왕 참고 이해해주기로 한 결심을 좀더 배려해 주고 존중하며 기린형 소통으로 성숙하게 풀어나가기로 결심한다. 그게 유일한 성숙한 결혼 생활의 출발점이 될 수 있다면 말이다. 우선 그에게 가장 친밀감과 서로의 감정을 건드리지 않는 범위 내에서 화해와 구애를 위해 서면을 이용해 보기로 한다. 그리고 그가 평소 즐겨보는 책속에 넣어 두기로 한다.

유일한 당신!

우리가 함께하기로 한 지난 시간 서로 다른 사랑의 상처로 시작 된 관계이니 만큼 조금은 덜 성숙 된 출발이었지만 당신이 유일하게 결혼이라는 이름으로 다가와 줘서 감사하고 함께 시작할 수 있어 제 인생에서 얼마나 다행인지 모릅니다. 당신의 귀한 선택으로 인해 신은 우리에게 덤으로 아이를 선물했습니다. 그동안 공허한 인생의 절반을 살아온 저에게 한꺼번에 이루게 된 귀한 삶의 선물이었습니다.

그러나 앞으로 우리 두 사람에게 어제보다 오늘보다 더 한 불화가 극심한 정신적 고통으로 휘몰아칠지 모른다는 생각을 합니다. 그러나 저는 결혼 서약의 대한 책임을 다하여 그것을 받아들이고 견디어내도록 하겠습니다. 저는 앞으로도 당신을 믿고 사랑하기에 삶의 가장 큰 목적인 현재의 행복을 위험에 빠뜨리는 일을 결코 하지 않을 것입니다.

이에 당신도 그에 합당한 노력을 해주기를 바랍니다. 아울러 서로에 대한 우리의 사랑이 완전하며 영원하기를 기도합니다. 침몰하는 배의 갑판은 청소할 수 없다고 합니다. 다만 우리가 항해하는 배의 상태가 악화되어 복구가 설령 불가능 할지라도 저는 당신에게 말하렵니다. 우리의 배가 갑판의 문제보다 엔진실로가 물이 어디서부터 새는지 원인을 찾고 그걸 막을 수 있는 방법을 실행하고자 합니다.

이에 당신은 우리의 행복한 결혼을 위한 저의 간절한 구애에 함께 노력해 주시리라 믿습니다. 결혼 생활은 부부가 함께 행복하거나, 함께 불행하거나 둘 중하나라고 합니다. 그리고 결혼식을 미뤄 우리의 미래와 행복마저 늦추는 오류를 범하지 않기를 바랍니다. 이에 결혼식의 시기를 간절히 고려되기를 바랍니다. 저는 이번일로 당신과 더 깊고 단단한 결혼 생활의 확조가 되기를 바랍니다.

당신의 사랑스런 아내로부터!

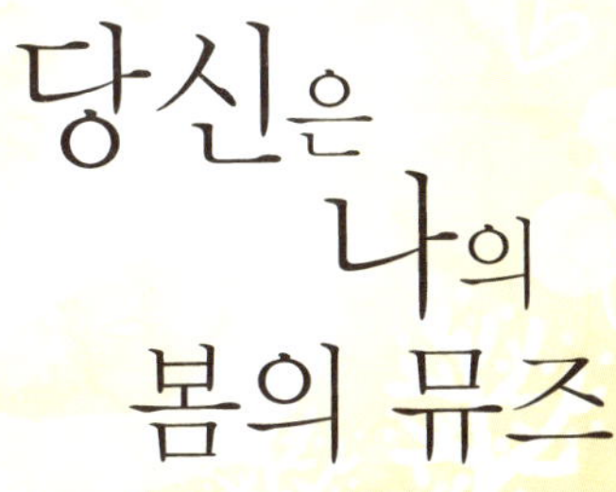

당신은 나의 봄의 뮤즈

삼월의 힌 낮. 실비의 찬바람이 새로운 봄을 시샘하듯 꽃샘추위가 몰려온다. 진우의 사무실 안, 열어 둔 창문 사이로 찬바람이 일어 진우의 몇 가닥의 흰머리를 헝클어 차갑게 훑고 지나간다. 진우는 서류들을 결재하고 검토하는 사이사이 들꽃냄새를 풍기는 애린의 상큼한 미소를 떠올리며 빙그레 웃는다. 재기발랄하고 무모할 정도로 솔직해서 남자를 뒷걸음치게 만드는 그녀, 오늘따라 그녀가 유난히 생각난다.

화사한 봄꽃처럼 화사한 미소로 진우를 즐겁게 만드는 애린은 아직도 우렁이를 못 잊고 혹여 우는지. 진우는 이제 이혼한 아내도, 결혼한 연희도 간혹 떠오르던 노리코도 잊고 어느새 마음 한 구석에 자리한 그녀가 보고 싶다.

명쾌하리만큼 밝은 그녀는 생동하는 봄을 닮았다. 진우는 빌딩 숲 사이 하늘을 올려다보며 대로의 길을 망연히 바라본다. 띠리링~~! "아저씨 우리 봄 소풍가요." 들꽃향기 그녀다. 진우의 마음과 애린의 마음의 주파수가 맞았는지 애린의 반가운 휴대폰 문자는 그렇게 진우에게 또 다른 봄을 선사해준다. 진우는 오후 스케줄을 다음 날로 미루고 몇 가지의 일들을 일사천리로 마친 후 사무실을 나와 서둘러 애린의 일터로 차를 몰아 달린다. 언제나 새 사랑은 그렇게 달콤하고 설렌다. 진우는 애린의 일터로 가는 내내 콧노래로 즐겁다. 들뜬 남자의 차 안에 가득 채워지는 노래, 웨스트라이프의 "You Raise Me Up(당신이 나를 일으켜 주기에)"가 흐른다.

매번 처음인 것만 같은 사랑, 그래서 사람들은 중독이란 말을 하나 보다. 지난 기억 속 연희가 입은 옷이 너무 두꺼워 속을 다 들여다볼 수 없을 때, 진우는 그녀보다 두 겹쯤 감춘 서로의 마음을 아내에게 들키어 발가벗겨진 채 아내와 이별한

후, 사랑을 믿지 못하고 방황할 때 노리코의 자유로운 영혼의
사랑을 만났었다.

그러나 여행지의 추억은 추억일 뿐 먼 거리가 주는 물리적
거리를 쉽사리 좁힐 수 없었고 진우의 외로움을 달래줄 인연
은 되지 못했다. 이제 사랑에 지치고 힘이 들어 휴면 상태에서
들꽃 같은 화사한 그녀가 진우에게로 왔다. 신은 애린을 선물
하려 많은 이별을 준 것일까. 애린이 과연 내게 온전한 반쪽이
될 수 있을까? 만약 온전한 반쪽이 될 수 없다면 둘이라서 즐
겁고 살아 빛나는 삶의 새로운 뮤즈의 만남이기를 남자는 바
란다.

백화점 건물은 마치 햇빛 가득한 우윳빛 성벽처럼 웅장하
다. 그녀는 마치 성안 공주처럼 우아하고 산뜻한 모습으로 꽃
무늬 스카프를 날리며 다가온다. 새 봄을 맞이하는 일만큼 진
우에게 그녀는 새롭다. 언제나처럼 애린은 손을 번쩍 머리위
로 들어 반긴다. 허겁지겁 진우의 차안으로 들어온 애린은 또
한가득 짐 보따리를 덜컥 차안에 싣는다. 애린은 진우에게 봄
소풍을 핑계로 야외로 백화점 화보 촬영차 가는 중이다. 진우
는 아무래도 좋다. 애린과 함께라면. 애린 역시 일도 하고 데
이트도 하겠다는 속셈이니 말이다.

진우는 가볍게 웃어준다. 진우가 출발을 서두를 때 애린은

갑자기 진우의 볼에 기습적으로 다가가 키스 한다. "나 많이
보고 싶었죠?." "난 아닌데!" " 얼굴에 다 쓰였는데요. 뭘" 진
우는 순간 당황한 채 엉뚱한 대답으로 빙그레 웃는다. 두 사람
은 이제 유쾌하고도 흔쾌하게 도로 위를 달린다. 진우는 애린
이라면 잠시 만났다 헤어져도 예쁜 추억을 만들어 갈 수 있을
것 같다. 또 얼굴에 저렇게 구김살이 없으니 최소한 서로 싫
어져 헤어져도 쿨하게 헤어질 것 같다. 진우는 운전 하랴 주
절주절 떠들어대는 애린을 쳐다보느라 바쁘다. 진우는 이제
오래도록 지치고 어두운 터널을 지나 간지럽지만 하늘 빛 고
운 사랑을 꿈꾸며 가슴속 새싹을 피우며, 아름답게 살아갈 수
있을 것 같다.

어느새 해거름. 실비는 그치고 해가 비친 하늘, 두 사람을
태운 자동차는 이제 서울을 벗어나 강촌역이다. 실록이 생동
하는 봄을 기다리는 들판에 두 사람은 약속이나 한 듯이 여장
을 풀고 강을 끼고도는 자전거 도로를 달린다. 철로를 건너 언
덕길을 힘찬 페달을 밟으며 두 사람은 마냥 행복하다. 아직은
봄의 푸른 들판을 끌어올 수 없지만 봄기운만은 따스하고 정
겹다. 두 사람은 마치 경주하듯 힘차게 자전거 페달을 밟는다.
삶은 그렇게 황홀할 만큼 경이롭다는 것을 진우는 자전거 페

달을 내달리며 느낀다. 한참을 내달린 뒤 굵은 땀방울은 진우와 애린을 젖게 만든다. 있는 힘을 다해 진우에게 지지 않으려 내달리는 애린, 어깨를 나란히 내달리며 애린은 진우에게 소리친다.

"아저씨 저는요, 아저씨와 함께하는 시간만큼은 고민도 하지 않고 고통도 안 받을 거예요. 그럴 자신 없으면 당장 떠나도 좋아요." 진우는 그런 애린을 물끄러미 바라본다. 그러는 동안 애린은 진우의 어깨를 툭 밀치고 앞으로 내달린다. 진우는 어떨 결에 떠밀려 진우의 자전거는 기우뚱거리다 이내 개울가로 넘어지고 만다. '이런 낭패가 있나 오십이 다 된 나이에 연하의 여자와 연애도 쉽지 않군 그래' 진우는 쓴 미소를 지으며 다시 벌떡 일어나 애린의 자전거를 뒤쫓는다. 애린은 약을 올리며 깔깔거리며 내달린다. 봄기운이 감도는 햇실아래 두 사람만이 온 들판의 주인이 되었다. 간혹 새떼들만이 하늘을 무한히 가로질러 비상하며 두 사람과 하나로 달리며 마냥 평화롭다.

한참을 내달리던 두 사람은 언덕 위에 자전거를 세워두고 풀숲에 앉는다. 애린이 갑자기 드러누워 하늘을 올려다본다.

“아저씨도 저 하늘 좀 봐요.” 애린의 말에 진우도 엉거주춤 애린의 곁에 드러누워 하늘을 본다. 희뿌연 하늘엔 금방이라도 비가내릴 듯하지만, 간혹 구름 사이로 햇살이 얼굴을 내비치며 수줍은 듯 두 사람을 훔쳐본다. “저 햇살 말이에요. 아저씨를 닮았어요. 슬쩍슬쩍 저를 훔쳐보는 아저씨처럼 우릴 훔쳐보잖아요?” 진우는 애린에게 자신의 마음을 들켜버리고 허허롭게 웃고 만다.

두 사람의 머리 위로 새로운 봄바람이 스친다. 봄기운이 몰고 온 쑥 향기가 친숙하다. 애린은 봄 향기처럼 신선하고 예쁘다. 진우는 다가가 애린의 어깨 위에 살며시 팔을 올리고 달콤한 키스를 할까하다가 간신히 참아내며 구슬땀으로 젖은 애린에게 자신의 손수건을 건넨다. 그 위로 봄 햇살이 내비친다.

애린은 가벼운 미소를 띠며 받아든다. 애린의 얼굴은 오후 햇살을 받아 몇 개의 깨 점들이 드러난 채, 땀 때문인지 화장기가 지워진 얼굴에 드러난 피부의 솜털 결들로 인해 진우는 오랜만에 심장의 고동소리를 듣는다. 앙증맞은 가슴에 꽉 끼는 청바지의 뒤태는 남자를 또 한 번 뛰게 만든다. 마치 사과 두 쪽을 올려 붙어 놓은 것처럼 툭 튀어나온 엉덩이며 단숨에 언덕을 오르며 페달을 밟아대던 튼튼한 허벅지, S자의 곡선을 그려내는 허리까지….

진우는 내내 애린의 발가벗은 몸을 떠올린다. '오늘밤은 황홀한 저 몸을 한 눈에 볼 수 있겠지'. "아저씨 또 엉큼한 생각하신 거 맞죠?" "뭐야?" "얼굴에 다 쓰였거든요. 제 눈은 못 속여요." 진우가 맘을 들켜 큰소리치자. 애린은 다시 홀연히 일어나 자전거를 세차게 몰며 내달린다. 진우도 덩달아 따라 달린다.

펜션 한구석에 자전거를 세워두고 애린은 마을 한복판에 자리한 향나무를 배경으로 화보 촬영이 한창이다. 이달의 화보 컨셉은 태초의 신비를 고목은 다 알고 있다. "삶의 뮤즈를 말하는 봄의 고목", 세상의 야망을 감춘 듯 올곧게 뻗어있는 검은 고목의 향나무는 거의 일상을 죽은 듯 검게 그을렸다. 세상의 온갖 칼날의 위협으로부터 자신을 보호하듯 가녀린 푸른 새싹을 가지 날개 속으로 은근히 피우게 하고 의연하게 땅 아래 단단한 뿌리를 깊게 묻어둔 채 서 있다. 마치 세상의 온갖 풍파를 내려놓은 재 낙향한 가난한 선비처럼 새로운 군주를 꿈꾸며 먼 산등선을 바라보고 있다. 애린은 촬영 내내 의연을 가장하는 아저씨와 많이 닮았다는 생각을 한다.

한편, 진우는 애린과 자전거를 마치고 애린이 화보일로 다른 촬영기자와 조우할 때, 진우는 펜션으로 들어선다. 진우는 오랜만에 자전거 페달을 밟아선지 두 다리가 뻐근하다. 애린과 오늘밤을 잘 치러낼 수 있을지 걱정이다. 그러나 애린만 생각하면 웃음이 절로 나온다. 피곤이 겹쳐와 잠시 침대에 눈을 붙인다. 수증기가 가득한 욕실 안 진우는 샤워중이다.

애린은 어느새 들어와 남자의 등을 감싼다. 서둘러 두 사람은 이내 하나가 되어 깊고 긴 키스를 나눈다. 진우의 성기가 산을 이뤄 애린의 몸을 자극하자 애린이 진우의 성기를 불끈 움켜잡는다. 순간 아찔한 진우. 그 위로 애린의 소리 "아저씨 뭐해요?" 방문이 드르륵 열리는 소리에 눈을 떠 보니 성기를 움켜주고 있는 것은 자신의 손이다.

"저녁 먹어요. 아~~ 저~씨!." 진우는 허겁지겁 잠에서 깨어 일어난다.

사랑, 그 감미로운 감옥

저녁을 함께 먹자고 문을 열었던 애린은 신우의 비몽사몽 자위행위에 놀라 어쩔 줄 모른다. 애린이 놀란 토끼처럼 등을 돌릴 때, 진우는 재빠르게 일어서 애린의 등을 돌려 세우며 애린의 눈을 응시한다. 애린은 놀라 움츠리며 진우를 바라본다. 순간 진우는 낮 동안 억눌렸던 가슴 설렘을 한꺼번에 채우려는 듯 애린을 와락 껴안고 퍼붓듯 기습적으로 키스한다. 애린의 코와 눈, 귀에 이르기까지 애린의 모든 것이 사랑스럽다.

놀랐던 토끼눈은 어느새 사라지고 애린은 지그시 눈을 감고 진우에게 온 몸을 맡긴다. 진우의 손은 점점 낮부터 앙증맞게 올려 세워졌던 가슴으로 간다. 바이올렛 셔츠 단추가 하나하나 열려질 때마다 애린의 심장도 함께 뛴다. 진우의 감미로운 입술은 어느새 애린의 가슴을 훑고 있다. 진우는 애린에 대한 주체할 수 없는 애정이 솟아나듯 허겁지겁 애린 옷을 벗기려 든다. 애린은 잠시 행위를 멈추고 진우의 눈을 바라본다. 간절하고도 절실한 눈빛은 애린을 더욱 들뜨게 만든다.

애린은 진우를 잠시 바라보다 방 안 전등을 끄고 스탠드 등만을 남긴 채, 진우의 팔을 붙잡고 침대로 향한다. 진우의 입김은 세찬 바람처럼 애린의 입술을, 가슴을 타고 흐른다. 애린의 옷이 하나하나 벗겨지자 진우는 어린 소년처럼 "알몸을 보고 싶어"하고 애원하듯 간절히 갈구한다. 진우를 위해 애린은 달빛이 차오른 창가로 다가서 등을 보이며 마지막 바지와 속옷을 벗는다. 애린의 실오라기하나 걸치지 않은 몸이 달빛을 받아 하얀 실루엣을 드러낸다.

눈앞에 드러난 전라의 여체에 이끌리듯 진우는 달려들어 등을 돌려 자신의 가슴을 가린 여자의 손을 떼어내 내리며 "원더풀, 원더풀! 정말아름다워 애린!" 진우는 그토록 자신이 좇아온 심연의 요체가 여체라는 신비감으로 순간 눈을 감아버린다.

아! 진우는 애린을 등 뒤에서 오래도록 머리에서 발끝까지 애무한다. 애린은 소름 돋는 신음을 참아내며 진우의 혀끝을 따라 쓰러진다. 진우는 쓰러진 애린을 목에서부터 미끄러지듯 유두로, 잘록한 허리로 볼록 솟아있는 둔부로, 매끄러운 다리로, 점점 신음의 절정을 이룬 애린의 다리를 더 나아가 두 다리 적당한 숲을 헤쳐 봉우리를 이룬 두텁고 검은 잎들을 열어 핑크빛 꽃술이 사랑의 물기를 밴 살 틈을 진우는 긴 혀를 내밀어 애무한다.

'이 신비의 감옥 이곳에서 생명이 우주의 사랑의 신비가 샘솟다니'……. 진우는 경이로움의 눈을 감는다. 혀의 전령을 느끼 애린은 격정의 호흡을 토해낸다. 진우는 애린이 최고의 절정에 이른 음부의 이슬을 매만지며 사랑스러운 여체를 뒤덮는다. 애린의 입술을 자신의 입술로 덮은 채 달려들어 애린의 다리를 열어 파고든다. 몇 번의 격정의 탐닉을 한 진우는 애린을 돌려세우고, 애린은 바로 누워 허리 아래로 살짝 베개를 넣어 진우를 세차게 끌어안는다.

애린은 아! 이제 무서울 것 없이 오로지 쾌락의 세계로 달린다. 애린은 진우 아래에 깔려 꼭 끌어안긴 채 창밖으로 내비치는 밤하늘의 별을 본다.

애린의 머리 위로 "조쉬 그로반"(Josh Groban) - Vincent의 "Starry starry night"

(별이 총총한 밤) 이 흐른다.

Paint your palette blue and gray

(별이 총총한 밤) 파랑, 회색으로 팔레트를 물들이고…….

애린은 눈을 감고 "제 온몸은 당신의 사랑으로 충만함을 느끼고 있어요. 지금 이 순간 당신의 사랑의 불길에 데어 영원히 이 감미로운 감옥에 갇혀버릴 것 같아요." 애린의 말이 끝나자 진우의 굵은 땀방울이 애린의 얼굴 위로 뚝뚝 떨어진다. 격정의 호흡을 마치고 달빛이 고즈넉이 드는 창가에 애린은 진우의 팔베개를 한 채 다정히 침대에 누웠다. 저녁마저 그들에게 육체의 욕구를 대신 할 수는 없었다. 그동안 오랫동안 갈구했던 애정의 갈증이, 외로운 육체의 갈증이 채워진 듯 두 사람은 이제 평온하다.

한편, 애린이 기현과 함께 하고자 하는 간절한 기도의 편지를 기현의 책속에 접어 넣어 두었을 때 쯤, 기현은 집을 나와 회사에 나와서도 일을 하는 둥 마는 둥 하고 온통 머릿속은 그녀만을 떠올리며 퇴근 무렵 세화의 집 앞을 서성거린다. 골목 어귀 자동차를 세워놓고 세화가 나타나기를 기다린다. 간혹 자신이 왜 이렇게 바보처럼 질척거리는지 알 수 없지만, 마지막으로 그녀를 한 번 만나야 할 것 같다. 그러지 않고는 내려놓을 수 없을 것 같다. 오직 그녀만이… 오직 그녀 사랑만이 아픈 가슴을 채워줄 것 같다.

"이제 우리 그만해요." 설령 그녀만의 젖은 목소리로 자신을 돌려보낼게 뻔하지만, 그래도 가야만 할 것 같다. 자신은 아직 세화를 내려놓을 준비를 못하고 있다. 어떻게 그녀의 따스한 품을 잊을 수 있을까. 다시 그 품은 없을 것 같다. '아! 이 지옥 같은 사랑' 기현은 자동차의 핸들을 주먹으로 내리치며 한탄한다. 그러면 그럴수록 세화가 더 보고 싶다.

골목 안, 이제 어둠이 잠겨 가로등이 고개를 떨어뜨리어 곧 떨어질 듯한 한밤중이다. 기현은 세화가 혹여 나타날까 기다린다. 이어 도로 맞은 편 차의 헤드라이트 불빛이 쏟아질 듯 밀고 들어온다. 검은 승용차가 세화의 집 앞에 멈추고 이어 운전석에 남자가 내려 반대편 차문을 열자 세화가 우아한 포즈로 남자의 에스코트를 받으며 내린다. 놀란 기현은 눈을 부릅뜨고 세화가 아니기를 바라며 유심히 살핀다. '아뿔싸 저건 분명 세화다.' 이럴 수가 자신과 헤어진 지 얼마나 되었다고…….

　기현의 억울한 심정은 세화가 다른 남자를 만나오면서 자신과 양다리를 병행한 건지도 모른다고 생각하고 절망한다. '바보같이 자신만 모르다니… 이건 분명 철저히 세화의 계획된 이별선고였어. 아! 도저히 용서할 수 없어, 아!.' 기현은 세화가 남자의 에스코트를 받아 대문으로 들어가고 남자의 차가 골목을 빠져나갈 때까지 기다린다. 남자의 차가 빠져 나가자마자 기현은 쏜살같이 세화의 집 대문을 열어 제치고 달려들어 이제 막 삭막한 화원을 빠져나와 희열의 극한을 탐낸 음탕한 여인을 낚아채듯 세화의 옷자락을 세차게 잡아끈다.

　놀라 뒤돌아 본 세화가 기현을 보고 한 번 더 놀란다. "우리 잠깐 얘기 좀 해." "더 이상 할 얘기 없어요. 우린 이제 헤어진 걸요." 갑자기 화가 난 기현이 세화의 뺨을 때린다. 놀라 망연히 바라본 세화에게 "헤어지다니 누가? 난 허락한 적 없어." "제발 집착과 미련 버리고 당신의 일상으로 돌아가요." "당신의 그 가증스런 몸의 탐욕이 오래 갈 것 같아? 그래, 그 놈이 나보다 세나보지?" "그래요, 황홀해요. 죽을 만큼……." 갈수

 사랑의 시작과 끝은 타인으로부터 온다

록 더 큰 눈으로 다가서는 기현의 얼굴에 세화는 못 박듯 "당신처럼 진부하지도 미래가 없지도 않아요."

세화의 눈을 바라보던 기현은 더 이상 갈 곳을 잃어버리고 절망하듯 머리를 움켜지고 화단에 털썩 주저앉는다. 그 사이 세화는 싸늘히 기현을 홀로 남겨두고 현관문을 열고 들어 가 버리고 기현은 달빛이 내비치는 한밤중 화단에 처량히 앉아 긴 담배를 피어문다. '누군가 모든 사랑은 종점을 향해 간다더니 지금의 내 사랑이 종점을 향해가고 있다니…….'

기현이 자신의 허망한 사랑 앞에 절망하고 있을 쯤, 세화가 현관문을 열고 다가온다. "잠깐 차 한 잔해요"라며 거실로 안내한다. 두 사람은 거실에 앉아 한참을 찻잔만 응시하다 기현이 먼저 입을 연다. "미래를 약속할 수 없다는 거 알아. 하지만 지금은 내 여자를 방목하고 있지만, 잠시만 기다려줘. 그리 길지 않을 거야… 잠시만 나를 믿고." 기현의 말에 세화는 찻잔을 들고 창가로 가 선다.

세화는 밤하늘을 바라보며 긴 한 숨을 내쉬며 "이 뜰에 어둠이 물들고 고요의 정적이 깊어지면 아이를 재우고, 커튼을 내리며 깊은 정적 속에 벌레울음소리를 들어요. 미친 듯 당신과 나눈 격정에 시간이 벌레가 꿈틀거리듯 내 살을 파고들어요. 당신과 만남이 깊으면 깊을수록, 사랑이 깊으면 깊을수록 어두운 감옥으로 치닫고 말아요. 당신과 온전히 함께 할 수 없어 고통스런 시간으로 온 밤을 또 하얗게 지새우고 말아요.”

“왜, 늘 그래왔던 것처럼 간혹 보고 싶을 때 만날 생각은 안 해봤어?” 세화는 힘없이 고개를 내젖는다. “그러고 싶지 않아요.” 기현은 다가가 세화의 뺨을 어루만진다. 세화의 부은 뺨 위로 눈물이 흐른다. 기현은 세화의 어깨를 끌어안는다.

두 사람의 머리 위로 조쉬 그로반의 Vincent가 이어진다.

“Starry starry night……”

 사랑의 시작과 끝은 타인으로부터 온다

사랑은 껴안는 행위 너머에 있다.

봄기운이 감도는 한밤중, 기현은 세화를 안은 채 달빛 고요한 창가를 바라본다. 기현은 그동안 세화와의 일들이 주마등처럼 스친다. 처음 그녀를 만났던 정릉음악회에서 수줍은 미소가 마냥 해맑기만 하던 모습부터 그녀와 별장의 밀애 중 허겁지겁 쫓기던 순간까지 생각해보면 터무니없이 무모하게만 달려왔던 순간이다. 그동안의 상황이 어찌 됐든 세화가 자신 때문에 이혼하게 된 사연까지……

자신의 감정에 충실한 그녀는 한 번 빠져들면 할 수 있는 모든 것을 하는 여자다. 이혼 역시 한순간의 망설임도 없이 자신의 감정을 믿는 그녀였다. 그런 그녀에게 사랑이란 맹목적인 것이다. 기현은 문득 세화의 잠 못 드는 밤에 토로된 외로운 마음을 읽고 이제 그녀를 가장 인간적인 측은함으로 편히 바라볼 수 있을 것 같다. 그 어떤 인생에도 잃어버린 한순간이 있듯, 그 순간의 진실을 찾기까지 서로 오랜 시간이 필요했던 것 같다.

세화가 울음을 그치고 기현에게 안겼던 팔을 내리며 "위스키 한 잔 할까요?" "좋지." 세화가 위스키를 준비하는 동안 기현은 거실 한 편에 놓인 피아노 앞으로 간다. 오랫동안 잠든 피아노의 레이스 커튼을 올리고 쇼팽의 '즉흥환상곡'을 연주한다. 쇼팽이 즉흥으로 구성과 형식을 갖추지 않고 자유로운 느낌으로 만들었다는 곡은 달빛이 드는 창가에 고즈넉한 울림으로 서로의 마음을 적신다. 기현의 손놀림은 고집스러우면서 우아하고 강렬하면서도 지적이고 괴팍하다.

이어 세화가 유리잔 가득히 위스키를 들고 기현의 곁으로 사뿐히 걸어온다. 투명하고 딱딱한 얼음과 물밀듯 조화로운 레몬향이 기묘하게도 싸한 맛의 위스키 한 잔은 서로의 마음을 하나로 이어준다. 기현은 싸한 위스키가 감도는 윗입술을

 사랑의 시작과 끝은 타인으로부터 온다

감아 훑고 세화의 허리를 끌어당겨 입술을 훔친다.

감미로운 그녀의 입술은 스르르 떨리듯이 기현의 입술과 위스키의 달콤한 맛으로 감아 돈다. 이어 기현의 거친 손놀림은 세화의 목으로 가슴으로 파고든다. 세화의 봄기운이 감도는 분홍빛 스웨터의 단추가 툭 떨어지고 기현은 자신이 치던 피아노 위로 세화의 양 허리를 번쩍 들어 안아 건반 위에 올려 앉힌다. 놀란 세화의 눈과 피아노의 온음들이 세화의 무게에 짓눌려 굉음을 내며 밤의 정막을 깬다.

세화는 이제 아무 말 없이 기현의 손놀림을 지켜본다. 조금 전까지 헤어짐을 말하던 미스터리한 자신의 감정을 다시 재정비중인지 아니면 상처 없이 서로 헤어짐의 때를 기다리는 중인지 세화도 알 수 없다. 다만 그녀가 아직도 기현을 많이 사랑한다는 것이다.

머리로는 다른 사람의 남자를 훔치듯 만난다는 사실이 늘 심기를 뒤흔들어 괴로웠다. 그러나 지금 이 순간은 그 모두를 잊고 머리는 늘 이별을 말하고 있지만, 가슴은 아직 기현을 내려놓을 준비가 안 되었다는 것을 안다. 기현은 세화의 온 몸을 파고들며 외친다. "우리에겐 이별이란 없어! 사랑의 유효기간 따윈 개나 물어가라고 해!" "매일 매일 내가 새로운 사랑으로 채워 줄 테니 염려 마!"

기현은 자신을 조금씩 내려놓으려는 세화의 마음을 다그치듯 제자리로 끌어오려 애쓴다. 기현은 세상의 금기를 깨듯 거친 호흡으로 세화를 폭발하듯 안고 달려든다. 이제 격정의 신음으로 세화도 유두의 별을 달고 기현과 함께 달린다. 간혹 두 사람은 그윽한 눈으로 서로를 바라보며 세화가 어깨에 힘을 빼어 가녀린 목선을 들어 기현과 깊고 달콤한 키스로 서로 하나를 이룬다. 이제 두 사람의 몸에 즉흥환상곡이 거실 가득 흐른다.

한편, 연희는 봄의 소리로 만물이 소생하고 대지에 물이 오른 계절 기현의 마음을 잡으려고 편지를 쓰고 만삭의 몸으로 아이 옷을 준비하고, 화단을 가꾸고 후레지아 향으로 집안 가득 환기를 시켜가며 기현을 끌어안으려 몸부림쳤다. 그러나 여전히 기현은 시니컬한 채 자신의 편지도 아직 들춰보지도 않고 서재의 즐겨보던 책은 방치된 채 놓여있다.

오늘 밤도 기현은 들어오지 않을 모양이다. 몇 시간 째 배가 아파온다. 아직 예정일이 며칠 더 남았는데 걱정이다. 기현은 연락도 안 되고 연락도 없다. 연희는 혹 일찍 올지도 모르는 출산을 대비해 가방을 챙기며 기현에게 계속 연락을 취한다. 그러나 여전히 기현은 전화를 받지 않는다. 그러다 심한 진통을 느낀 연희, 고함을 지르며 소리친다. 다급한 사이렌 소리가 들린다.

　얼마 후 눈을 뜨자 병원 안. 연희를 안타까운 눈으로 바라보는 의사. 연희가 출산의 고통으로 신음하자 흰 가운의 눈썹이 짙은 의사가 연희의 손을 지긋이 잡아 주며 "조금만 늦었으면 태아도 산모도 목숨을 잃을 뻔했어요. 태아가 탯줄에 목이 감기어 변을 먹을 뻔 했어요, 다행히 산모도 건강하고 태아도 건강한 사내아이로 엄마를 꼭 닮았어요" "아이 아빠는요.?" "곧 오신 답니다." "태아도 살려고 예정일보다 일찍 서두른 듯합니다. 하하하 축하드립니다."

　의사의 말이 떨어지기가 무섭게 연희가 서럽게 운다. 끝내 기현은 곁에 없다니……. 서러움이 목에 차올라 연희의 통곡은 계속 이어진다. 눈썹 짙은 의사와 간호사가 안타까워 달랜다. 그러다 이내 의사가 자신의 손수건을 꺼내 그녀의 눈물을 닦아주며 "산모가 이렇게 울면 안 돼요. 태아에게 줄 모유도 안 나오고 잘못하면 건강을 해칩니다. 그래도 당신은 살아있지 않아요. 저는 몇 년 전 출산 중에 아내가 아이와 함께 목숨을 저 혼자 남았습니다." 갑자기 연희가 눈물을 멈추고 의사를 바라본다.

　"죽다니요. 어떻게……." "그러니 용기를 잃지 말고 희망을 놓지 말아요. 혹여 남편에게 섭섭한 일이 많다 해도. 사랑은 눈에 보이는 것만이 전부는 아니죠. 이제 예쁜 아기도 태어났으니 달라질 거예요.” 그 사이 엉거주춤 기현이 문밖에 서 있다. 그러자 의사가 기현을 발견하고 연희의 어깨를 가볍게 눌러주고 나간다.

뒤늦게 엉거주춤 다가선 기현은 아직 아이 아빠로 준비가 덜 된 상황에서 덜컥 아이 아빠로 어른이 된 기분이다. 병원에서 연희가 출산으로 머리가 산발이 되어 드러누워 피 냄새가 진동하자 기현은 연희의 병실 안을 보고서야 그제야 자신이 얼마나 어리 섞었는지를 깨닫는다. 병원의 소독약 냄새가 간밤의 위스키와 곁들여 속이 메스꺼워 온다.

“괜찮아? 우리 아기는” “당신은 끝까지 남의 일 대하듯 하지.” 연희는 화가 치밀어 기현을 향해 베개를 내던진다. “미안해 내가 잘못했어!” “앞으로 우리 아기를 위해서라도 잘 할게. 당신 산후조리 끝나면 우리 결혼식부터 올리자. 응?.” “싫어 싫다고⋯⋯.” 연희는 그간의 설움이 복받치듯 운다. 그렇게 기현은 연희 곁을 엉거주춤 왔다 갔다 하며 병원을 지킨다. 그러나 아직은 기현에게 화가 덜 풀린 듯 연희는 며칠을 투정부리고 생필품을 챙기며 들어서는 기현을 향해 퉁명스럽게 대한다.

그러다 태어난 아이를 데려와 작고 앙증맞은 두 손을 잡아 보며 아이 얼굴을 지긋이 바라 볼 때면, 두 사람은 언제 그랬냐는 듯이 마냥 행복하다. 그러면서 서서히 기현은 세화를 잊어간다. 간혹 세화의 문자메시지와 전화가 오지만 무시한다. 언제 어느 때 세화에 대한 그리움이 물밀 듯 또 들어설지 모르지만 당분간 아이와 아내를 위해서 살자고 기현은 마음먹는다.

기현이 그러는 동안 연희는 병원 안을 천천히 걸으며 이제 서서히 퇴원 준비를 하고 있다. '저 만큼 복도 끝에서 그가 온다. 검은 눈썹의 출산으로 아내와 아이를 한꺼번에 잃었다는 닥터 한이 오고 있다. 조금은 측은해 보이는 연민과 우수가 뒤섞여 보인 얼굴이다. 그러나 왠지 연희는 그의 미소가 정겹다.' '아니 그가 미소를 지으면, 온 세상이 환해지다.'

적당히 걸쳐진 의사 유니폼, 발목이 보인 양말, 모두가 홀아비 냄새를 풍겨 연희의 웃음을 자아내게 하지만 왠지 그가 푸근해서 연희는 좋다. 혼자 히득히득 웃고 있자. 그가 다가와 "뭐가 그렇게 좋으세요?". "뭐 좋은 일 있으시면 저한테도 들려줘요." 그러나 연희는 세상의 숨은 진주를 혼자 발견한 듯 신기하고 즐겁다. 연희의 머리 위로 봄 햇살이 정겹다. 연희는 병원 창을 열어 눈을 감고 봄 냄새를 맡는다. 연희의 머리 위로 싱그러운 봄바람이 스친다.

차도남, 차도녀의 새로운 인생

봄볕 찬란한 여명이 잠자는 세화의 침대 곁을 내비치고 있다. 때미침 울려대는 전화벨소리……그녀는 늦은 잠의 포만감을 느끼며 일어나 기지개를 펴며 전화를 받는다. 오늘 있을 동문 갈라 공연을 위한 리허설 시간을 알리는 전화다.

세화는 봄볕 가득한 창의 커튼을 열어 제치고 담벼락에 스며드는 봄 향기를 끌어 맡는다. 새초롬이 날아드는 새들과 창틀 가까이 꽃망울을 머금은 목련까지, 잔뜩 움츠렸던 화초들이 나른한 기지개를 펴며 봄빛에 젖어 있다. 세화는 며칠 전 기현과 즉흥환상곡이 흐르던 밤의 밀애 중 갑자기 사라진 기현의 안부가 궁금해 몇 번의 문자와 전화를 해보았으나 끝내 무소식이다. 그러나 세화는 기현의 그런 처세 역시도 서로의 관계 전선의 새로운 언어라 여기기로 한다. 이미 서로에게 이별은 예고된 일이었고 삼각관계의 공식이 없듯, 삼각관계의 공식을 풀 수 있는 이 또한 오로지 기현이라는 사실이다.

그렇게 세화는 블랙 모닝커피 한잔을 마시며 정원 창밖을 오래도록 바라보며 봄 햇살을 맞고 있다. 때마침 누군가의 휘파람 소리가 들린다. 고개를 들어보니 건너편 2층 집 테라스에서 한 남자가 손을 흔들며 휘파람을 분다. 이번 공연의 제작지원자이자 예술감독이다. 그는 재미교포로 꽤 유능한 제작자이다. 이번 공연 이후 차기작품을 함께 하기로 한 사람으로 싱글에다 유쾌하고 친절한 남자다. 그런 그가 엉뚱하게도 세화의 앞집 테라스에 서 있다.

최근 귀국 환영 파티 겸 제작발표회 후 기꺼이 자신을 집까지 바래다주겠다던 그를 단호히 거절할 수 없어 함께했던 시간, 때마침 집 앞에서 기다리던 기현에게 발각되어 분노를 사게 되었던 도윤이다. 그런 도윤이 갑자기 앞집으로 이사를 왔고 버젓이 자신의 일과를 한 눈에 훔쳐보고 있었다니 황당할 뿐이다.

신도시 전원주택 빌라 2층집인 앞집은 세화의 집 정원과 안방이 훤히 내려다보이는 마주보는 집으로 세화가 대낮에도 커튼을 쳐두고 있을 때가 많았다. 세화는 혹여 그가 자신에게 목적을 두고 나타난 것인지 괜한 스토커처럼 불쾌하지만, 앞으로 더 지켜보기로 마음먹고 손을 들어 답례한다.

"서둘러요. 모시러 갈 테니 앞으로 제가 당신의 매니저요, 집사가 되어드리죠. 어때요? 저, 꽤! 괜찮은 집사가 될 것 같지 않아요? 당신 때문에 집도 가까운 곳으로 왔어요. 당신이 사는 곳은 뭔가 다를 것 같아. 아니 당신과 가까운 곳에서 살고 싶었어요. 그것도 시세보다 배를 주고 얻은 걸요."

"고맙지만 전, 집사도 매니저도 원치 않아요. 그냥 제작자로 이웃으로 남아 주세요."

"하하하… 그래요. 그럼, 오늘은 새롭게 변신한 당신의 인생을 위해, 십년만에 서는 무대를 위해 기꺼이 매니저가 되어드리지요. 마드무아젤!"

세화는 도윤의 당돌한 행동이 귀엽기도 하고 새로운 기대감이 들기도 한다. 세화는 그동안 결혼을 이유로, 아이를 핑계로 미뤄둔 음악의 길을 이혼을 계기로, 기현과의 이별을 전환점으로 다시 꿈을 향해 한 걸음 도전하기로 한다. 하지만 십년 만에 서는 무대가 두렵고 설렌다.

세화는 여러 벌의 드레스를 골라 거울 앞에 들춰보다 마지막의 등판이 훤히 드러나는 포멀(formal)한 흰 드레스를 고른다. 투명한 빛을 내는 흰 드레스는 세화의 가는 목선과 어울려 우아하게 흐르는 가슴선에 드레이프 디테일(drape detail)이 그녀의 자태와 어울려 감각적인 센스가 돋보인다. 세화의 그 시원스러운 얼굴과 도시적 차가운 시크 함이 흠잡을 데 없는 건강하고 완벽한 바디라인과 함께 눈부시다.

한편, 세화가 도윤과 우아하게 공연장을 향해 가고 있을 때, 강원도로 화보 촬영을 함께 갔던 진우는 들꽃 냄새를 풍기던 애린과 백화점 근처 레스토랑에서 점심을 먹고 있다. 뭐가 그리 좋은지 유쾌한 농담을 주고받으며 식사가 끝나고 후식으로 먹는 바닐라 아이스크림을 하나 앞에 두고 두 사람은 서로 먼저 먹으려고 어린아이들처럼 아우성이다. 그러다 입가에 아이스크림을 묻혀 가며 먹는 애린을 진우는 귀여워 입맞춤으로 닦아주며 마냥 즐겁다.

그러는 도중 애린은 공연장 스케줄을 챙기며 자신의 대학 모교공연을 함께 관람하자고 진우에게 제안하고 서둘러 나간다. 진우는 애린과 저녁 약속 후 황급히 야외로 차를 몰고 달린

 사랑의 시작과 끝은 타인으로부터 온다

다. 오랜만의 휴일 오후 사진스튜디오를 경영하는 친구 최와 야외 낚시를 하기로 한 날이다. 봄 햇살이 따스한 팔당댐 근처에서 낚시를 하다가 진우는 친구가 건네는 소주 한 잔에 취해 낚싯대엔 관심도 없고 앉아 졸고 있다. 두 서너 시간을 지켜보던 친구 최는 마지막 월척을 낚으며 진우를 깨워 걸쭉한 매운탕을 끓이고 그 국물에 소주 서너 잔을 거뜬히 나눠 마신다.

오랜만의 야외 봄나들이 낚시, 친구 최의 진한 농담이 진우는 정겹다. 진우의 두 귓가가 점점 달아올라 붉어지자, 친구 최는 한마디 더 건넨다.

"자네 연애사업이 밤낮없이 불타올라 그동안 잠이 많이 모자란 것 같더군!"

"오랜만에 낚싯대 잡고 앉으니 피곤이 한꺼번에 몰려와서 그런 거지 뭐, 연애는 무슨 …"

"자네 얼굴에 쓰였는데 뭘 그리 정색하기는 귀신을 속여… 허허…"

놀리는 친구에 눈을 흘기며 진우는 뒤편에 세워둔 승용차의 사이드미러에 얼굴을 내민다.

"저 거울이 자네 얼굴을 다 비춰주는 줄 아나 천만에! 거울은 절대 자네의 얼굴을 다 못 비추네. 왜? 거울은 평면이니 자네의 앞모습만 보여줄 뿐 절대 측면이나 뒷모습을 볼 수 없네. 거울은 내가 보는 자네의 입체적인 모습을, 마음을 읽지 못하네.”

그러자 진우가 거울을 양손으로 방향을 틀어가며 고개를 돌리며 자신의 뒷모습을 보려 한다. 그러자 친구는 또 한 마디 건넨다.

“자네가 뒷모습을 보려 한다면 자신의 얼굴이 틀어져 제대로 볼 수 없지 않는가?”

남자는 그러고 보니 친구의 말이 맞는 것도 같다. 남자는 새삼 거울이 평면이라 제대로 볼 수 없다는 것과 마주보는 각도에서 비춰지는 위치가 상호 다르다는 것을 발견한다. 자신이 서 있는 손은 우측인데, 마주선 거울의 손은 좌측을 가리키고 있다는 것을 깨닫는다.

친구는 한참을 허둥대는 진우를 보고 또 놀린다. “그러니 자네는 나를 속일 생각은 아예 말게. 자네 일이라면 신과 직통 전화중이니 말일세.” 진우는 허허로운 농담을 건네는 친구를 서

 사랑의 시작과 끝은 타인으로부터 온다

둘러 일으켜 세운다. 때마침 애린과 저녁 약속도 떠올린 진우에게 친구 최는 가까운 곳에 온천 못지않은 사우나와 마사지 잘하는 이발관이 있다며 가자고 서두른다. 진우는 간단하게 사우나나 하고 나오겠다고 마음먹고 낚시터를 나온다.

도심 외곽 팔당댐을 끼고 도는 외길, 둥근 토담집 앞에 차를 세우고 사우나를 마치고 나오려는 진우의 손을 이끌어 골목 어귀로 들어선다. 이발관 색등이 돌고 있는 것이 보인다. 문을 열자 팔등신 미모의 아가씨가 상큼한 미소로 안내한다. 의자에 몸을 기대어 봄내음인지 여자의 향수인지 분간하기 어려운 향내가 면도의 거품과 함께 스며들 때, 진우는 술기운에 스르르 잠이 든다. 그러는 사이 여자의 향내에 진우의 놈도 함께 움틀 댄다.

순간 여자의 손은 목선을 타고 마사지 하던 손은 어느새 진우의 허리로 놈에게도 다가온다, 진우는 그 사이 순간 토끼잠을 잔다. 그러다 진우가 의자의 기계음에 놀라 눈을 뜨자 웬 덩치 큰 늙은 할아버지의 얼굴이 확 들어온다. 더구나 그의 거친 손이 진우의 놈을 붙들고 푸시중이다. 진우는 놀라 늙은 할아버지에게 호통 친다.

"어딜 만져요?"…… "그 여잔 어디 갔어요?" 그러자 할아버진 대뜸 같은 손인데 어떠냐며 되레 딴청이다. 소란스러운 소리를 들은 친구 최는 옆에 앉아 웃고 있고 건너편에선 들어올 때의 아가씨가 다른 손님을 응대하며 커튼 사이로 웃으며 진우를 향해 윙크한다. 진우는 어이가 없는 듯 허겁지겁 일어서며 푸시 하던 할아버지께 "이 몸은 제 몸이 아닙니다. 임자가 있는 몸입니다." 그러자 친구 최가 한 번 더 놀린다. "그렇게 실토할 걸 왜 그리 좀 전엔 정색을 했어?" 진우는 놀려대는 친구를 뒤로 하고 서둘러 약속장소로 향한다.

애린이 일하는 백화점 공연장을 들어서자 이미 공연은 시작되고 우리의 정겨운 가곡 중 "님이 오시는 지" ♬ 물망초 꿈꾸는 강가를 돌아 ~~~ 꽃향기 헤치고 님이 오시는지 내 맘은 떨리어 끝없이 헤매고 ♪~~~ 가 흐르고 있다. 귀에 익은 목소리의 여자 성악가의 감미로운 음성이 울려 퍼진다.

세화다. 그러나 진우는 귀에 익은 목소리라고만 생각했지. 세화라는 것을 인식하지 못한다. 찰나 공연장 문을 열자, 들꽃 그녀가 진우를 반긴다. 진우는 공연보다 애린이 움직이는 행동에 더 관심을 가진다. 그러는 사이 "님이 오시는지"도 끝난다. 백화점 문화센터 홍보 일을 하는 애린은 공연 마무리를 서두르고 애린은 자신의 핸드백을 진우에게 맡기고 무대 스태프

에게 간단한 메모를 전달한다. 애린이 그러는 동안 진우는 무
대 위에서 환호를 받고 있는 세화를 발견한다. 순간 놀랐지만
분명 자신의 전 아내임을 알아챈다.

　스태프에게 지시를 끝낸 애린과 진우는 공연장을 나와 로비
에 서있는 세화와 마주 한다. 그 누구보다 눈부신 드레스를 입
고 관객을 응대하는 세화. 아름다운 그녀 곁에 훤칠한 도식적
인 한 남자 도윤이 다가와 세화에게 숄을 건네어 그녀의 등을
감싼다. 순간 애린의 가방을 들고 서있는 자신과 도윤의 숄을
건네받은 세화 사이로 들꽃 애린이 나타나고 세화에게 인사를
시킨다.

　"우리 선배예요. 오늘 공연 좋았어요."
　"고마워요."

　진우는 엉거주춤 인사를 건네며 "좋아 보이는 군요……!"
애린이 눈치를 보며 서로 아는 사이냐며 의아해 하자 세화가
진우에게 인사를 시킨다.

　"이분은 저의 제작자이자 남자친구인 도윤씨이고, 여긴 전
남편이에요. "반갑습니다." 진우가 어색하게 인사를 나누는 사

이 세화가 한마디를 더 건넨다. 참 이웃이기도 해요. 당신도 좋아 보여요. 특히 당신의 그 핸드백을 든 모습은 더욱 더요.”

그제야 애린이 사태를 파악하고 먹먹히 서있다.

섹스, 그 뜨거운 청춘

창문 너머로 나른한 봄바람이 감도는 따사로운 오후, 에린은 자판기 커피 한잔을 손에 들고 근무하는 백화점 빌딩 옥상에서 사람들이 오가는 긴 도로를 내려다본다. 파릇하게 내뻗는 나무 사이로 사람들은 어디론가 바삐 오가고 있다.

애린은 어제 황당하기만 했던 세화 선배와 진우와의 만남을 떠올린다. 공연이 끝나고 어색한 인사를 나누는 사이 그토록 자신에게 자상하기만 했던 진우가 세화 선배의 전 남편이라는 실체를 안 시각, 애린은 진우를 먹먹히 바라보고만 있었다.

그러는 사이 세화 선배의 제작자이자 남자친구 도윤이라는 자의 성화로 공연 후 뒤풀이가 이어졌다. 그는 마치 세화 선배의 매니저 겸 남자친구를 자처하며 그날의 분위기를 주도했다. 다행히 스태프들과 저녁으로 서로를 더 이상 거론하지 못한 채, 첫 대면의 시간은 지나갔다. 그러나 저녁을 먹고 난 뒤 세화 선배의 간청으로 네 사람은 또 다시 강변을 끼고도는 한 재즈 카페로 2차를 갔다. 세화 선배는 차갑고 이지적인 외모와는 다르게 늘 자신만의 카리스마로 분위기를 압도했다. 대학 때 만인의 연인이자 음대 퀸으로 주목받은 그녀답게 그날의 분위기를 이끌었다. 애린은 그저 진우의 눈치를 살피며 상황을 주시할 뿐이었다.

그러나 진우 역시도 썩 편한 태도는 아니었다. 어쨌든 관계를 만회할 기회만 찾고 있는 듯했다. 재즈 카페에 들어서자 길쭉하고 협소한 바에선 뮤지션들이 루이 암스트롱의 '아워 맨 인 파리(Our Man in Paris)' 의 트럼펫 연주로 무드를 자아내고 있었다. 귀와 마음에 음악이 와 닿은 것인지 아니면 짜릿한 흥분 때문인지 알 수 없으나, 거나하게 취한 채 무대에서는 몇몇의 남녀가 부둥켜안고 춤을 추고 있었다. 오색 회전등 아래 그들도 함께 돌고 있었다.

 사랑의 시작과 끝은 타인으로부터 온다

　카페에 들어선 일행은 저녁을 곁들인 반주 술로 조금은 취한 채로 바텐더를 사이에 두고 독한 위스키를 언더락으로 마셨다. 간혹 마담이 바텐더와 귓속말로 뭔가를 속삭이듯 주고받으며 눈웃음을 지으며 오갔다. 오가는 마담의 입가에선 진한 압생트 냄새가 코끝을 스쳤다. 술잔을 건네는 사이사이 세화 선배는 전 남편인 진우의 눈을 훔쳤다. 묘한 기류가 흐르는 것을 느꼈지만, 그때마다 애린은 연예인처럼 말쑥하게 차린

감색 슈트와 느끼하리만큼 올백 기름 머리를 한 세화 선배의 남자 도윤을 바라봤다.

그는 눈이 마주할 때마다 싱긋싱긋 웃는 천진함을 내보였다. 재즈 음이 트럼펫 연주자의 단호하고 굵직한 음에 절정을 이룰 때마다 도윤은 손을 들어 '브라보'를 외쳤다. 브라보가 끝나면 으레 세화 선배의 어깨를 감싸며 그녀 볼에 입맞춤을 잊지 않았다. 그때마다 진우는 어색하게 애린을 바라봤다. 그렇게 관계의 모호한 시간이 얼마간 흐르고 서로 거나하게 취하자 세화 선배와 도윤은 무대를 장악하듯 블루스를 추었다. 세화 선배의 실루엣이 드러나고 볼륨감이 넘치는 가슴의 젖무덤이 우윳빛으로 드러났다. 세화 선배는 투명빛 드레스와 어울려 조명 아래 눈부시게 아름다웠다.

도윤은 오랜 외국생활에서 밴 세련된 매너와 노련한 춤 솜씨로 세화를 리드했다. 그러나 진우는 왠지 좀 불편해 보였다. 그때마다 애린은 술을 권하고 모른 척 싱겁게 웃어줬다. 왠지 오늘은 진우의 입에 강인한 지퍼를 채운워진 침묵하며 술만 마시고 있었다. 답답한 애린은 진우에게 물었다.

"당신의 구애기간이 짧았던 것 인정해요. 저도 몰랐으니까요. 그러나 우리 좀 편해지면 어떨까요? 전 지금 당신의 태도

 사랑의 시작과 끝은 타인으로부터 온다

가 유쾌하지 않아요. 그럴 필요 없잖아요. 그렇게 어색하면 이 곳에서 나가면 되잖아요. 전 뭐죠? 우리 사인 아무 것도 아닌 가요? 대답해 봐요”

“당신 때문이 아니요. 책임감 때문이요. 또 다시 누군가를 사랑한다는 일이 장난은 아니니……. 전 부인인 세화가 행복 해 보이진 않으니 말이요. 내가 죄지은 듯 무거워 그래요”

“당신의 배려가 지나치다고 생각하지 않아요. 충분히 그녀 는 자유롭고 행복해요. 그녀 곁엔 친절한 도윤씨가 있잖아요.”

“오해 말아요. 당신에 대한 책임감이 커져 그러니까. 다시 누군가에게 상처주지 않고 행복하게 해줘야 한다는 책임감 말 이야.”

진우는 자신의 주장을 강요할 때는 반말을 일삼는다.

“천만에 당신은 지금 선배를 질투하고 있는 거잖아요.”

“당신이 그렇게 생각하고 있을 줄은 미처 생각 못했어! 그만 나가지 우리.”

“아뇨. 당신의 그 마음이 진심이기를 바래요.”

“진심이야! 난, 당신을 사랑하고 있다고 …!”

“그렇다면 그들을 피해 나갈 필요는 없어요. 우리만의 시간 을 가져요. 누군가를 의식하거나 죄책감 없이 자유로이.”

술기운 때문인지 흥분된 어조로 말하는 애린이 진우는 귀엽
고 예뻐 보였다. 애린을 지그시 바라보던 진우는 다가가 여자
에게 진한 키스를 퍼붓는다. 애린은 불쑥 다가선 진우가 싫지
는 않았지만, 진우와 키스 중에도 애린은 아직도 진우가 세화
에게 복수하고 있다는 생각을 떨치지 못한다.

흥건한 블루스를 마친 세화 커플이 다가와 목마른 듯 술잔
을 들이키며 놀려댄다.
"오우 멋진 걸!" "역시 청춘은 섹스를 닮았어. 사랑은 섹스
를 향하고…원더풀! 섹시커플"
도윤이 박수를 치며 앉는다. 그러는 사이 술기운 때문인지
서서히 편안하고, 자유롭고 즐거운 대화로 분위기가 들뜬다.
건배를 마친 뒤 온기가 무르익자, 도윤이 서로 좋은 술친구를
하자고 제안한다.

"한국에서는 이혼 후 친구가 불가능하다고 들었는데 당신은
꼭 약속 지켜주시리라 믿어요"
라며 진우에게 다가가 귀국해서 배웠다며 엄지를 세워 도장을
찍고 손바닥을 맞대어 카피까지 한다. 그러는 동안에 서로 보
이지 않던 감정선에 묘한 기류가 사라지고 애린의 탐색도, 진

 사랑의 시작과 끝은 타인으로부터 온다

우의 탐색도 서서히 사라져 간다.

그러나 애린의 눈엔 아직도 세화 선배가 조금은 사치스럽고 퇴폐적이며 왠지 불량하기까지 하다. 다만 그녀의 타고난 포스와 잠재된 끼라고 치부하고 싶었지만, 애린을 제외한 두 남자에게 세화는 슬쩍 슬쩍 술잔을 부딪치며 훤히 드러난 가슴의 젖무덤을 내 보였다. 그럴 때마다 애린은 아스라이 거슬린다. 더구나 눈웃음까지 쳐가며 제스처를 취할 때마다 애린은 심기가 뒤틀린다.

진우가 그때마다 애린에게 학교 때 공부는 잘했느냐? 미팅 때의 모습은 어땠느냐? 등 질문을 던진다. 진우는 애린에게 의도적인 접근인지를 확인이라도 하는 듯했다. 그러나 그녀와 세화는 일 년에 한두 번 만나는 학교 선배일 뿐, 특별히 서로의 사생활을 공유할 만한 친분이 아니었다는 것 말고는 아무런 변명을 대신하지 못한다.

그렇게 얼마간 시간이 흐르고 스스로 고루한 질문에서 벗어나려 "서로 사랑에 관한, 인생에 관한 미련이 남은 사연들을 서로 말해보자"고 애린이 제안한다. 그러자 모두들 좋다고 술잔으로 호응한다. 곧바로 세화 선배가 먼저 손을 들어 답한다.

"자신의 인생에서 꼭 해보고 싶었으나 이루지 못한 것, 첫째, 대학 때 순결을 버리지 못하고 결혼까지 끌고 간 점, 둘째, 트리플 섹스를 못한 것, 셋째, 결혼해서 남편을 한 번도 강간해보지 못한 점."

들고 있던 두 사람이 한 때 부부였던 진우를 바라보고 웃자, 듣고 있던 진우의 얼굴이 붉어진다. 이어 도윤이 외친다.

"아직도 그녀의 성기를 제대로 보지 못한 점, 동성애를 못해본 것, 대학 때 술 취한 여자를 내 여자로 못 만든 점"

아쉬움이 절절하게 베어든 도윤의 모습에 세 사람 모두 얼굴을 맞대고 웃는다.

곧 이어 세 사람의 아우성에 애린이 입을 연다.

"아직 마약 먹고 섹스 해보지 못했다. 그 기분이 어떨지 궁금하다."

그러자 세 사람은 "경찰 대기하라"고 아우성이다. 그렇게 술에 취한 채 엉뚱한 농담을 주고받는 사이 세화가 만취한 채 쓰러지면서 농담은 끝이 난다. 진우가 재빠르게 다가가 세화를 등에 업는다. 신사를 자청하던 도윤은 진우의 과감한 행동에 엉거주춤 지켜보다 세화의 신발과 겉옷을 챙겨들고 진우의 뒤를 따라 황급히 주차장으로 향한다. 그러는 사이 애린은 홀로 집으로 향한다. 이 모두가 한 순간에 이뤄지고 새벽이 가까운 시각 애린은 황망히 홀로 택시를 타고 간다. 귀가 중 진우로부터 전화가 왔으나 애린은 무시했다. 그렇게 애린의 기억 속에 어제의 일은 끝이 났다.

이제 해거름 사람들이 거리로 하나 둘 씩 몰려드는 퇴근시간이다. 그러나 애린은 진우를 사랑하기 시작하면서부터 마음이 더 복잡해져가고 있다는 것을 느낀다. 아직도 그는 세화 선배의 남편임을 고집하고 있는 듯하다. 애린은 애써 친구라는 이름으로 덮으려 하지만 자꾸만 진우가 세화 선배를 등에 업고 허겁지겁 뛰는 모습이 생생하게 아른거린다. 여전히 그는 전 부인인 세화를 사랑하는 것일까? 아니면 진우의 말대로 연민하는 것일까? 궁금하다. 그러나 아직도 분명한 것은 세화 선배의 새로운 남자인 도윤의 제안인 서로 친구로 지내자는 제안을 받아들이기엔 진우는 많은 시간이 필요한 듯하다.

애린은 커피의 마지막 잔액이 묻은 입술을 훑는다. 순간 여자는 강촌에서 진우와 예기치 않았던 뜨거웠던 하룻밤을 떠올린다. 정신이 아찔할 정도로 와해된 순간이 환상처럼 뇌리를 스친다. 그 순간은 사랑을 넘어 육체의 게임오버였다. 그날 밤 진우와의 섹스는 도윤의 말처럼 오랫동안 잠자던 육체의 숨결이 깨어나 생명처럼 뜨거운 청춘이었다.

애린은 몇 해 전, 빈번한 외도로 콘돔을 내보인 남자를 끝으로 자신의 인생에 더 이상 예기치 못한 일은 없을 거라고 생각했다. 그러나 누군가를 다시 사랑하는 일이 또 이렇게 가슴 뻐근한 일이란 것을 또 한 번 느낀다. 이제 어스름한 저녁, 붉은 태양이 빌딩숲을 넘어선다.

애린이 서둘러 옥상에서 내려서려하자 진우가 장미 한 다발을 들고 서있다.

애린은 다시 빙그레 웃고 만다.

#24

봄비 내리는 밤, 사랑을 굽는 여자

출산으로 홀가분한 봄을 맞은 연희, 퇴원 후 다시 요가와 수영으로 서서히 원래의 몸을 회복해가고 있다. 오피스텔 정원 담장엔 생기어린 개나리가 노란색을 드러내 담벼락을 타오르며 온유한 봄 물결을 머금고 있다.

연희는 아이를 돌보고 집안일에 분주한 데도 입가에는 항상 생글 생글 웃음이 떠돌며 콧노래까지 나온다. 오늘은 아이와 함께 그가 있는 병원으로 예방접종을 가는 날이다. 아침부터 분주하게 아이에게 입힐 옷을 고르고, 늦잠으로 항상 출근 시간 때문에 실랑이를 벌이는 남편 기현을 깨워 병원으로 향한다.

나른한 차창 밖으로 봄기운이 완연하다. 살랑거리는 봄바람 마냥 출산 후 아이 엄마가 된 시점에서 다시 누군가를 그리워하게 된 자신이 때론 안타깝고 두렵다. 하지만 자주 그의 얼굴이 떠오르고 보고 싶고 그립다. 행여 남편 기현이 눈치 챌까봐 두렵기도 하지만 충분히 마음을 들키지 않고 그를 사랑할 수 있다고 생각한다.

남편 기현은 아이를 안고 있는 연희가 왠지 얼굴은 생기를 가장하지만, 임신 때보다 얼굴색이나 몸이 더 말라가고 있는 것 같아 안타깝다. 기현은 출산 후유증 때문이라고 치부하지만, 운전 중에도 기현은 정기점검을 다시 받아보자고 제안한다. 그러나 연희는 아이 때문인지 예전보다 더 자상한 남자로 변한 그가 신기하기도 하다. 자신이 다른 사람을 그리워하는 동안 기현은 더 세심하게 다가온 듯하다. 아마 자신이 조금은 더 여유 있게 그를 내려놓은 효과일지도 모른다고 생각한다.

사회심리학자인 에리히 프롬은 성숙한 사랑과 미성숙한 사랑을 다음과 같이 비교한 적이 있다. '사랑을 받기 때문에 사랑한다.' 그러나 그것은 유치한 원칙이다. 성숙한 사랑은 '사

 사랑의 시작과 끝은 타인으로부터 온다

랑하기 때문에 사랑받는다' 는 원칙을 강조한다. 어떻게 보면 말장난 같지만, 그의 말에는 좀더 주체적이고 구체적인 사랑에 대한 조언이 들어 있다고 연희는 생각한다.

자신 안에 전부를 꿈꾸는, 그래서 연희는 '성숙한 사랑은 서로 상대가 자신 안에 전부이며 그 가치 있음을 아는 사이에서 발전 가능하다고 믿는다' 는 그의 말을 공감한다. 상대가 욕구만 채워주기를 기대한다면 그 사랑 또한 얼마나 버거운 일인가. 진실로 누군가를 사랑한다는 일은 마치 갓 태어난 아이가 엄마 젖을 먹으며 느끼는 일체감 같은 것이라고 연희는 생각한다. 이런저런 생각으로 머릿속이 분주한 가운데 아이를 태운 차는 벌써 병원에 도착했다.

병원에 도착하자마자 연희의 눈은 아이의 예방접종보다 눈썹 짙은 그를 찾아 헤맨다. 기현이 주차를 하는 동안 진료접수를 마치고 연희는 안절부절 못한다. 그의 진료실 앞에 앉아 그를 어떻게 만날지 벌써부터 심장이 떨려온다. 연희가 아이를 안고 심장 가까이 파고드는 간절하고도 절실한 사랑의 꿈이 몸부림처럼 출렁일 때마다 연희는 눈물겹도록 버겁다. 어쩌자고 또 이렇게 아이러니한 상황을 끌고 가는 것일까. "아니야 충분히 혼자 이렇게 앓다 끝날 거야. 그래 아무 일 없이 혼자......" 연희는 몽롱하기만 하는 현실에서 그에 대한 그리움이 버겁기만 하다.

　진료 순번에 맞추어 아이의 예방접종을 마치고 그의 진료를 다시 기다리는 동안 연희는 병원 창밖으로 고개를 내민다. 건너편 병동 뜰에 평온하게 앉아 있는 노부부가 한 눈에 들어온다. 무료하게 하늘만 보고 있는 할아버지, 그 할아버지를 할머니는 뭐가 그리 좋은지 손도 만져주고 옷도 여며주며 마냥 흐뭇해한다. 두 사람에게서 오랜 믿음과 삶의 신뢰에 바탕한 깊은 사랑이 느껴진다. 순간 연희는 “문득 누군가를 사랑한다고 했을 때에도 지금의 남편 기현은 저 노부부의 넓고도 평온한 마음처럼 자신을 이해해주고 기다려줄까”…. 그러는 동안 남편 기현이 그녀의 어깨를 툭 치고 다가온다. “무슨 생각을 그렇게 골똘히 해? 불러도 못 들고.” 연희는 빙그레 웃으며 돌아선다. 그러자 복도 끝에서 그가 인턴 몇몇과 회진을 마치고 진료실 쪽으로 뚜벅 뚜벅 한걸음씩 다가오고 있다. 그가 한걸음씩 다가올 때마다 연희의 심장소리도 더 크게 들린다. 다가온 그가 연희를 향해 활짝 웃자 연희는 돌연 얼굴색이 변하며 힘없이 기현의 어깨에 쓰러지고 만다. 휘청거리는 연희를 간신히 붙들고 기현은 진료실로 이끈다. 진료실에 앉아 힘없이 그를 보는 연희의 눈은 초점 없이 망연히 바라보고만 있다.

　의례적인 진료를 한 그의 손은 굳은 듯했지만 스치는 그의

 사랑의 시작과 끝은 타인으로부터 온다

손길은 따스하다. "산후 후유증으로 몸이 회복되어가는 과정입니다. 원기를 회복해야 하니 영양제라도 맞으며 오늘 하룻밤 입원하셔서 병원에서 여러 진료를 받아보시죠." 남편의 성화와는 다르게 차분한 어조로 그는 말한다. 링거를 맞는 동안 연희는 꿈꾸듯 깊은 잠을 잔다. 그동안 출산 후 아이를 돌보느라 밤잠을 설친 탓인지 깊은 잠에 빠져든다.

그녀의 머리 위로 봄비가 내린다. 산도르 마리아의 '열정' 중에서 그의 말이 문득 머리를 스치고 지나간다. "어느 날 우리의 심장, 영혼, 육신으로 뚫고 들어와서 꺼질 줄 모르고 영원히 불타오르는 정열에 우리 삶의 의미가 있다고 자네도 생각하나. 그것을 체험했다면, 우리는 헛산 것이 아니겠지."

연희는 한때 활활 타오르던 열정이 때로는 과거 상처투성이로 남루하게 남았을지라도 지금은 그를 생각하는 자신은 일회적인 사랑을 구설하거나 이해타산적인 감정의 흥정이 아닐 거라고 생각한다. 산도르 마리아의 말대로 자신도 '헛산 것이 아닌 잔잔히 가슴의 여운으로 남아 있을 그런 사랑으로 간직하겠다고…….' 그렇게 연희는 한동안 깊은 잠을 잔다.

잠시 후 연희의 머리 위로 어둠이 잠기고 누군가 뚜벅 뚜벅 걸어오는 발걸음 소리가 들린다. 스르르 잠이 깨어 연희는 졸린 눈을 뜬다. 식은땀으로 온 몸을 적셨다. 눈을 뜨자 봄비 소리와 함께 닥터 한의 얼굴이 들어온다. 땀에 젖은 그녀의 머리를 매만지며 열기를 재보며 "괜찮아요? 아무런 힘없이 연희가 그를 올려다보며 가볍게 고개짓을 한다. 혼자만 신음하던 사랑이 그를 통해서 다시 한걸음 나아가는 듯 평온하다. '사랑은 헤아릴 수 없는 그의 정중함, 다정함, 우정 신뢰'에서 비롯된다는 것을 연희는 그를 통해서 느낀다.

"영양제 맞고 하룻밤 푹 주무시고나면 나아지실 거예요. 아이도 잘 자고 있으니, 오늘 밤은 마음 놓으시고 쉬어요." 비록 크고 거칠었지만 연희의 땀에 젖은 이마를 매만지는 손은 따스하고 정겨웠다. 연희는 그에 대한 간절한 마음만큼이나 자신의 몸도 앓고 있었다는 것을 깨닫는다.

한밤중 병실 창밖으로 대지를 촉촉이 적셔주는 정겨운 봄비가 내린다. 마른 새싹을 더 굳건히 피워 줄 봄비, 그녀의 가슴에도 봄비가 내린다. 잠시 눈을 감고 봄비 내리는 창가에 그가 서 있다는 생각을 한다. 연희는 그의 손을 이끌어 가슴에 눈에 그리고 마지막 입술에 가져다 댄다. 그리고 둘은 이내 껴안고 깊고 깊은 키스를 나눈다. 키스 도중 그의 몸에서는 그 흔한 향수나 화장품 냄새 하나 없이 세탁세제인 피죤 냄새가 날 뿐이다. 두 사람의 머리 위로 피아졸라의 '리베르 탱고'가 흐른다.

'사랑과 정열을 그대에게'라는 말이 떠오르는 매혹적인 곡
이다.

두 사람은 잠시 동안의 느리고 슬픈 선율에 흠뻑 젖어 탱고
를 춘다. 그 무드에 점점 무르익어갈 무렵 다시 리듬이 빨라지
기 시작한다. 두 사람도 출렁이는 심장의 거대한 파도소리만
큼 짜릿한 전율로 휘감긴다. 아늑한 밤, 빗소리와 함께 매혹적
으로 젖어가는 연희의 눈은 사랑에 대한 강렬한 열망만큼이나
빛이 난다.

사랑 때문에 잠들지 못해도

촉촉한 봄비가 내린 뒤, 온 들판에는 갖가지 꽃들이 자신만의 자태를 뽐내며 피어올라 봄의 울타리를 만든다. 어느 시인이 촉촉한 봄비에 한꺼번에 사랑을 토해내도 사랑은 남는 것이라고 노래했던가.

지난 밤 연희는 병실에서 눈썹 짙은 닥터 한에 대한 열망으로 기분 좋은 하룻밤을 보냈다. 그에 대한 열망만큼이나 앓던 몸도 간밤에 내린 봄비에 생기를 되찾았다. 연희는 봄에 붉게 피는 홍매화처럼 단아한 자태로 거울 앞에서 이마를 드러내어 머리를 질끈 묶고 퇴원을 서두르며 붉은 원피스 단추를 여민다. "퇴근길에 데리러 오겠다"며 하루를 더 편히 쉬고 있으라는 남편 기현의 전화를 받고 난 뒤 연희는 문득 닥터를 떠올렸다.

서둘러 병원 문을 나서 가까운 쇼핑센터에서 그에게 줄 양말, 셔츠, 손수건 등을 골라 규격에 맞는 상자에 넣어 가장 예쁘고 고급스러운 쇼핑백에 넣고 마지막으로 감사의 편지를 쓸 카드도 구입했다. 선물을 안고 '룰루랄라' 들어온 연희는 왠지 모르게 가슴이 설렌다.

그 와중에 병실에는 새로운 환자들과 병문안 온 친지 가족으로 북적인다. 선물꾸러미를 침대 밑에 살짝 놓아두고 그가 오기만을 기다리는 동안, 그녀는 감사 카드에 어떤 글을 쓸까 고민한다. 그때마다 연희의 얼굴에는 낯익은 생기가 돈다. 그렇게 혼자 웃는 동안 의사인 그가 드르륵 문을 열고 들어온다. 오늘도 그는 야근을 했는지 얼굴이 푸석해 보인다.

불쑥 들어와 그녀의 가슴에 청진기를 대는 동안 연희는 그저 멍하니 그의 목젖을 바라본다. 유난히 드러난 그의 목젖이 사랑스럽다고 생각할 때 그는 청진기를 내려놓으며 연희의 눈빛과 하나가 된다. 순간 눈길을 어디다 두어야 할지 몰라 당황하자 "괜찮아요? 열은 내린 것 같은데요." "아, 네 …좀 개운해

 사랑의 시작과 끝은 타인으로부터 온다

졌어요.” 그는 가볍게 그녀의 어깨를 어루만지며 엷은 미소를 짓고는 다시 서둘러 나간다. 문득 그의 등 뒤로 선물이 생각난 연희, “저기요! 아니요. 됐어요.” 뒤돌아 본 닥터 한은 쓴웃음을 짓고 나간다.

선물을 줄 때를 가리며 엉거주춤 당황한 연희가 쑥스러워 할 때쯤, 갑자기 왁자지껄한 여자들의 웃음소리가 커진다. 같은 병실을 쓰고 있는 아줌마 환자와 병문안 온 아줌마 친구들이다. 이야기인즉 그동안 아줌마 남편이 매번 밤일에 실패하다 한 번은 몸에 좋다는 비아그라를 어디서 얻어먹고 들어와 밤새워 괴롭히더니 그 다음 날 몸살이나 뻗은 뒤, 1년이 지나도 제대로 한 번 밤에 세우질 못한다는 것이다. 그러자 그녀의 친구들이 한마디 더 건넨다.

“밤에 일 잘하고 돈도 잘 벌어 오는 남자를 뭐라 그러는 줄 알아? 사자성어로 ‘금상첨화’ 야” 어깨를 들썩이며 서로를 마주보며 웃고 맞장구친다. “또 있어. 돈은 못 벌어 와도 밤일은 잘 한 남자는 ‘천만다행’.” 모두 그녀의 말에 호들갑치고 웃는 사이, 점점 무르익어 호기심이 발동한 연희도 넋 놓고 그들을 바라보고 있다. “마지막으로, 돈도 못 벌어오고 밤일도 못한 남자는 ‘평생 웬수’.” 그러자 환자복을 입고 있던 아줌마가 깊은 한 숨을 내쉬며, “난, ‘평생 웬수’ 와 함께 사네.” 그녀의 말에 아줌마들의 웃음이 와르르 무너지듯 병실 안이 웃음소리로 가득하다. 연희는 속으로 그래도 자신은 '천만다행'이라며 쓸쓸히 웃는다. 퇴근길에 데리러 오겠다던 남편 기현은 예상보다 일찍 왔다.

때마침 문을 열고 들어오던 남편을 보고 아줌마들은 일제히 남편을 바라본다. '저 남편은 과연 어떤 이름의 꼬리표를 달고 살까?' 라는 의문어린 눈으로 바라보고 서로들 웃는다. 영문을 모르는 기현은 어깨를 들썩이며 연희에게 다가온다. 짐을 챙기던 기현은 문득 쇼핑백을 발견하고 그녀에게 불쑥 내민다.

"내 와이셔츠 사이즈는 100사이즈인데 왜 105호야, 내 선물 맞아? 설마 누구 주려고 사둔 거야?" "아니야 당신거야." 연희는 당황한 나머지 불쑥 튀어나온 말을 주어 담을 수가 없다. "그동안 자기 병원 오가며 회사일 하랴 힘들었잖아. 아까 약국 갔다가 생각나 샀어." "사이즈야 바꾸면 되지만, 그런데 애 낳더니 이 아줌마 내 사이즈도 잊었어?" "그동안 나 환자였잖아 ……!." 두 사람 어이 없이 웃고 나선다.

병원 문을 나서 복도를 오가며 그의 진료실 앞을 지나쳐 갈 때까지 눈썹 짙은 닥터 한의 모습은 연희의 눈에 보이지 않았다. 남편 기현이 아이를 데려와 안고 차에 올라타려는 순간 건

 사랑의 시작과 끝은 타인으로부터 온다

너편 주차장에서 그가 자신의 차에서 내린다. 연희는 가볍게 목례를 한다. 그러자 그가 반갑게 손을 흔들어 주며 배웅한다. 다시 그녀의 얼굴에 생기가 돈다. 그녀가 타고 달리는 차창너머로 팝콘처럼 벚꽃 잎이 날린다. 그녀의 머리 위로 ♫슈만의- "그대는 한 송이 꽃과 같이"~~~♪가 흐른다.

한편, 세화의 공연 날, 술에 취해 전 남편 진우의 등에 업혀 오던 날 밤으로 이어진다. 그녀는 10년 만에 선 무대에 대한 긴장과 다소 흥분이 내려앉지 못한 상태에서 뒤풀이 술자리까지 이어진 터라 다소 무리였던 자리인 듯하다. 더구나 전 남편이 한 때 대학 후배였던 여자 애린과 열애 중인 사실을 알고 난 뒤부터 세화는 전 남편과 다 끝났다고 믿었던 감정이 왠지 복잡하고 미묘하게 뒤엉킨다. 왠지 가슴이 답답하고 인생이 쓸쓸하게만 느껴져 술을 더 많이 마시게 되었던 것 같다.

세화는 자신의 행농이 돌이켜보니 니무 부끄럽고 답답해서 화가 난다. 더구나 한밤중 술에 깨어보니 겨우 걸친 슬립원피스 하나만 입고 침대에 널브러져 혼자 자고 있었고, 남편은 아이 방에서 아이와 함께 오붓하게 하룻밤을 보내고 있었다. 이제 더 이상 그에게 여자일수 없는 서글픈 순간이었다. 그토록 자신이 쓸모없이 내쳐지다니…….

스스로의 인생이 한없이 쓸쓸하게 느껴져 밤새워 울고 말았
던 시간, 그렇게 울다 지쳐 뜬 눈으로 밤을 새운 아침, 서둘러
아침을 지어 오랜만에 이혼을 잊고 전 남편과 함께 아이에게
평온을 가장해 보일 유일한 시간으로 오붓하게 아침을 먹고
그와 신혼시절의 옛 추억을 더듬어 회포라도 풀 생각이었다.
그러나 그는 일어나자마자 서둘러 그녀의 얼굴을 한 번 힐끗
올려다 보고는 서둘러 나가버렸다. 그렇게 그 날 아침은 세화
에게 쓸쓸하고 휑하게 지나갔다.

이제 전 남편에게 자신은 다른 여자로 서서히 잊혀져간 이
름일 뿐이었다. 한때 사랑으로 불타오르던 그 풋풋했던 시간
은 거품처럼 가고 없다. 이 푸르른 봄날에 그녀는 이젠 온전히
혼자다. 세화는 만개한 봄꽃으로 흐드러진 들판을 바라보며
커튼을 열어 제치고 먼 곳을 응시한다. 한때 그로 인해 잠 못
이루며 아파했던 시간들이 주마등처럼 지나간다.

"네가 보고 싶었어!" 차가 끊긴 한 밤중 전 남편이 결혼 전,
밤새워 달려와 그녀의 창을 두드리던 때, 그날 밤은 둘이서 초
겨울 추위도 잊은 채 공원에서 싸구려 자판기 커피 한 잔을 사
이에 두고 밤새워 무슨 할 얘기가 그리도 많았는지, 두 손을 꼭
잡고 밤새워 놀이터를 배회했다. 그네도 타고, 웃고 울었던 순

 사랑의 시작과 끝은 타인으로부터 온다

간 그는 그렇게 꽁꽁 언 그녀의 손을 입김으로 녹여줬다. 아침 여명이 틀 때까지 헤어지기 싫어 그녀의 손을 놓지 못했던 남자…….

그가 이제 바람 속으로 사라졌다. 그녀는 갑자기 밤 사이 먹은 술로 인해 속이 아려온다. 창틀에 기댄 손을 내리고 돌아설 때쯤 누군가 세차게 대문을 두드린다. 맞은편 2층집 남자 도윤이다. 대문을 열자. 해장국을 끓여 왔다며 해맑게 웃고 서 있다. 때마침 속도 쓰리고 가슴도 아린 상태라 고마웠지만, 아직 그의 친절을 반기기엔 시간이 필요한 듯하다. 엉거주춤 바라보고 서 있자 현관 안으로 불쑥 들어온다. "뭐해요. 어서 와요. 제가 이래봬도 요리사 자격증까지 있는 몸이에요. 드시고 감동할 준비나 해요." 그가 제 집처럼 주방을 차지하고 아침을 차리는 동안 그녀는 그저 허허롭게 웃으며 바라만 보고 있다. 때마침 속도 쓰리고 구수한 냄새에 배가 고파진다. 그와 함께 먹는 아침이 왠지 쓸쓸하지만 평온하다. '왜, 빨리 이런 남자와 만나지 못했을까! 그랬더라면 전 남편에게 쓸쓸하게 내쳐지는 슬픔은 없었을 텐데…….'

세화는 해장국을 떠먹는 순간에도 매몰차게 현관을 박차고 나간 전 남편의 뒷모습을 연이어 떠올린다. 그때마다 도윤은 숟가락에 김치나 생선을 올려 주며. "왜 식사를 그렇게 못해요. 자, 어서 먹어요. 팍팍." 세화는 점점 자신의 삶이 아이러니 하게도 의도하지 않은 쪽으로 흘러간다는 생각을 한다. '나는 이제 간밤 등에 업혀 온 진우에게 내쳐지고, 분간하기 힘든 몽롱했던 날, 그 삶의 지쳐 벗어 던진 신발을 들고 들어와 준 또 다른 남자 도윤과 한 집에서 그가 끓어준 해장국과 모닝커피를 마시고 이 봄날을 맞이한다.'

식사를 마치고 도윤은 연신 즐겁게 설거지를 자처하고 또다시 세화와 함께 할 점심 샌드위치를 만드는 중이다. 그런 그를 무작정 바라보다 세화는 술기운을 깨기 위해 욕실로 향한다. 샤워 중 도윤이 그녀의 등 뒤로 다가선다. 푸른 안개를 연상하는 습기 가득한 욕실 안, 술기운이 감도는 세화의 목젖 끝까지 도윤의 혀가 감미롭게 파고든다. 두 사람의 혀는 서로 칼싸움을 일삼듯 좌우로 요동친다. 간밤에 전 남편에게 내쳐진 울분이 그에게로 향한 것인지 그녀의 몸은 서서히 도윤에게로 점점 허물어지고 만다. 그들의 몸짓 사이로 ♬"슈만의 그대는 한 송이 꽃과 같이"~~~♪가 이어진다.

 사랑의 시작과 끝은 타인으로부터 온다

갖고 싶은 사랑, 지키고 싶은 사랑

봄바람이 창문 사이로 스며드는 아침, 그 바람을 타고 정원에 핀 목련꽃 향기가 세화의 코끝으로 스며든다. 세화는 꽃향기에 눈을 감고 서서히 끌어오며 깊고 아늑했던 도윤과의 절정의 순간을 떠올린다. 촉촉이 적셔진 몸과 적당한 힘으로 끌어당긴 도윤과 첫 스킨십…… 기대하지 않았던 첫 대면이지만 과히 나쁘지 않은 접촉이었다고 세화는 싱겁게 웃는다.

세화가 타월로 머리를 감싸고 욕실을 나오자 도윤은 아무 일 없었다는 듯, 어느 새 아이와 친구가 되어 블록 쌓기에 한창이다. 세화는 얼굴을 붉히고 잠시 머뭇거리다 황급히 안방으로 향한다. 화장대 앞에 앉아 머리를 말리는 동안에도 세화는 필름처럼 그와의 샤워 중에 일어난 깊고 아늑했던 정사를 떠올린다. 그녀를 안는 손은 느긋한 듯했으나 심장의 박동은 힘찼고 그의 눈은 감은 듯했으나 세화를 바라보는 눈은 깊었다. 절정에 도달할 쯤 그의 몸은 쇠꼬챙이처럼 날카롭게 그녀의 몸을 파고들었고 그의 머릿결은 바람을 몰고 온 서부의 사나이처럼 나부꼈다. 세화는 얼마간의 통증을 느끼다 어느 새 감미로운 환희에 도달했던 순간, 눈을 떠 그를 올려다보자 그는 여전히 습기를 머금고 세화의 몸을 감싸고 있고 세화는 춤을 추듯 아무런 주저 없이 하나가 되었다. 언젠가 '때가 되면 좋은 사람을 만나겠지' 했던 무모한 믿음이 때를 만난 듯 어느 새 세화의 빈 공간의 발을 들여놓은 한 남자 도윤.

그렇게 갑자기 들이닥친 도윤과 둘만의 은밀한 욕실 정사 후, 세화는 그의 섬세한 스킨십으로 인해 서서히 그에게 마음이 열리고 있는 것을 느낀다. 더구나 아이에게 친절한 그의 모습은 왠지 더 믿음직스럽고 신뢰감을 더한다. 세화는 습기에 찬 거울을 닦아내며 미소 짓는다. 그리고 간밤에 전 남편으로 인해 상했던 마음이 도윤의 친절로 인해 서서히 회복되어가고 있는 것을 느낀다.

아이와 주말 봄나들이를 약속한 세화는 오랜만에 봄바람과 어울리는 그린 실크스카프를 골라내 목에 두르고 흰 셔츠와 짧은 미니 청 스커트를 골라 입는다. 그리고 마지막으로 핑크 빛 루즈를 바르며 잠시 생각한다. '너무 다가선 그에겐 적당한 거리와 긴장을 줘야 한다고 …….' 그 이유로는 무엇보다 자신을 위해서도 서로의 미래를 위해서도 사랑을 아껴가자고 세화는 잠시 생각하며 방을 나선다. 여리고 섬세한 도윤이 샌드위치를 점심으로 정갈하게 싼 도시락을 안고 집을 나와 아이와 함께 도윤이 모는 포르쉐 오픈카를 타고 여의도 봄꽃놀이로 향한다.

오랜만에 누리는 여유로운 시간으로 아이와 세화가 차창 밖으로 손을 내밀며 바람을 가른다. 휴일 한 낮 거리엔 북적이는 자동차와 봄꽃놀이 구경으로 인파가 몰린다. 그 사이 사이로 도윤이 세화를 훔쳐본다. 그럴 때마다 세화는 딴청을 부린다. 심각한 듯 먼 곳을 응시하다가 아이만을 챙기고 아예 도윤에겐 관심도 없는 듯 묻는 말에 시큰둥 얼버무리고 대충 답한다. "왜, 그래요. 제가 뭘 잘못했나요?" 그때마다 세화의 대답은 "예, 아니오" 외로 한 두 마디 이상 건네지 않는다. 마음이 답답한 도윤은 갑자기 불안해진다. 혹여 아침 욕실 정사로 인해 그런 것인지……. 도대체 그녀의 속내를 알 수 없어 안달이다. 도윤은 답답한 마음에 그동안 애써 끊어온 담배마저 다시 피고 만다. 세화는 덩달아 도윤에게 담배에 라이터 불마저 붙여준다. 그간 그가 솔로 탈출만큼이나 안달하며 담배 끊기에 공들인 시간을 지켜보았으면서도…….

도윤은 맥이 풀린 듯 세화를 망연히 바라본다. "도대체 뭐예요. 끝내 말 안 할 거예요? 뭐가 불만인지." "아니에요. 불만 없는데요. 그냥 좀 불만이라면 너무 가까워진 것 같은 거랄까. 전 상대가 너무 다가서면 괜히 불안해지거든요." "절 못 믿는 거군요." "뭐, 그럴지도 모르죠." 기가 찬 도윤은 허탈하게 세화를 바라본다.

한편, 옥상에서 퇴근을 서두르던 애린은 갑자기 찾아온 진우를 발견하고 빙그레 웃다가 갑자기 그가 건넨 장미를 받아들고 생각한다. 적당히 넘어가려는 그의 태도에 대한 속상한 마음들을 어떻게 정리할까 잠시 고민한다. 앞으로 또 그가 이혼한 아내 세화 때문에 흔들린다면……. 그런 일을 다시 반복하지 않게 하기 위해서라도 무엇보다 '사랑에는 한 가지 방법밖에 없다. 그를 향한 내 마음을 다 보여주지 말자' 는 것이다. 최소한 그와 함께하겠다는 결심이 선 상황에서 달콤한 말로 이해하는 척 적당히 받아넘겨주었다가는 으레 받아드리려니 하고 반복되기 십상이니 아예 적당한 긴장감을 처음부터 주는 게 오히려 더 낫다는 생각이다.

　"누군가 갖고 싶은 사랑을 가지려면 진짜 속마음은 감춰라!"라고 하듯 진우와 관계에도 전략이 필요하다고 애린은 생각한다. 그렇게 여러 가지 생각들로 복잡해져 아무 말 없이 그와 회사를 나와 도로 위를 걷는다. 진우는 의례적인 여자들의 행동인양 애린의 눈치만을 살피며 묵묵히 애린의 곁을 따라 걷기만 한다. '어디로 갈 것인지. 저녁은 뭘 먹고 싶은지' 그렇게 최소한 한두 마디 정도는 건네야 정상인데 웬일인지 진우는 애린에게 아무런 말도 묻지 않고 애린의 눈치만을 살핀 채 그녀와 한 발짝 정도 사이를 두고 걷기만 한다. 애린은 진우가 연애 노하우가 아주 많은 사람이던가, 아니면 지극히 소극적인 사람일거라는 생각을 한다. 그것도 아니라면 철저히 이기적이고 자기 아집이 센 사람일거라 생각한다.

　한참을 걷고 또 걷다 여자의 뱃속에서 기어이 '꼬르륵~' 소리가 들려올 때까지 진우는 애린 눈치만 보다 이내 "뭐 먹어야 되지 않아요?" 진우는 애린의 기분을 맞추려는 것도 아니요, 달래려는 것도 아닌, 더구나 자기주장이 있는 말도 아닌 애매

모호한 말로 애린에게 말을 건넨다. 애린은 그런 진우가 썩 맘에 들지 않는다. "배는 고프지만 당신과 유쾌하게 마주앉아 저녁 먹을 것 같진 않아요." "내가 어떻게 하면 되지?" 늘 그렇듯 그는 코너에 몰리면 반말로 애린을 설득하려 든다. "당신의 마음이 가던 길로 가요." "무심하군 그래." 애린은 진우가 생뚱맞은 얼굴로 애린을 바라보자 애린은 진우의 말처럼 무심히 다시 걷는다.

애린은 걸으며 생각한다. 무심 따윈 한 끼 식사 따윈 거뜬히 하루 건너 뛸 수 있다. 다만 그가 한마디 사과 없이 아무렇지 않게 어젯밤 일들을 그냥 넘기려 한다는 것이 애린의 마음을 상하게 한다. 그가 퇴근 무렵 옥상으로 찾아온 순간 그의 대한 속상함은 사라졌다. 그러나 마주보며 걸으며 점점 그에 대한 속상함이 더해진다.

걷는 도중 애린은 어릴 적 아버지를 따라 연을 날리려 마을 뒷동산에 오르던 기억이 생각난다. 처음 아버지가 애린에게 연을 날리는 법을 알려주며 하늘로 마냥 나는 연을 향해 끝내 아버지가 연줄을 놓지 않자 애린이 안달하며 연줄을 놓아주라고 아버지에게 외쳤다. 그러자 아버진 "애야 이 연줄은 놓아주면 하늘을 향해 자기가 가고 싶은 대로 마음대로 가버린단다. 그렇게 되면 애써 만든 연을 끝내 잃어버리고 말지. 연을 잃지

않으려면 적당히 이
실끈을 더 길게 풀어
줬다가 간혹 바람에
더 멀리 날리거나 흔
들릴 때는 때론 당겨
주기도 하며 적당히

조율해야 한단다. 알겠니?” “그래도 하늘 끝까지 나는 걸 보고
싶단 말이에요.……!” “그러다 놓치고 이리저리 흔들리다 결국
엔 땅에 떨어지고 말아.” “다시 만들면 돼지 뭐.” 그렇게 억지
응석을 부리던 어린 시절의 일이 이제 다시 떠오르며 적당한
느슨함과 당김의 의미를 깨닫는다.

　많은 만남과 이별을 반복하며 이제 새롭게 진우와 다시 시
작되는 사랑을 운명적 사랑이라 믿고 느긋하게 진우가 다가서
기를 기다렸다. 그러나 진정으로 진우가 다가서는 법을 잊고
사소한 행동이나 말 한마디로 애린의 마음을 얻을 수 없다면
성공적인 사랑의 내비게이션의 안테나를 세워야 하지 않을까.
애린은 그것이 연을 날리던 기법처럼 때로는 서로의 사랑탑에
방해된다고 생각되는 것이 오히려 더 효과적으로 서로에게 사
랑을 더 확인하는 계기가 될 수 있다고 생각한다. 하늘 높이 나
는 연줄처럼 조금은 물러서 약간의 무심함을 가장으로 속내를

감추고 소원해지는 시간이 필요하다고……. 더구나 서로를 더 확실하게 붙잡기 위해, 보다 안전한 사랑의 탑을 쌓기 위해서도 조급한 마음을 다스려 역설적인 사랑으로 보다 간절하고 애틋한 사랑으로 키워가야 한다고…….' 애린이 이런 저런 생각들로 무심히 걸어가자 진우는 애린을 향해 외친다.

"당신을 매번 참아야 하도록 하지는 않을 거야. 만약 다시 또 그런 일이 생긴다면, 당신이 참지 않겠지만……. 앞으로 최소한 당신을 거리에 홀로 두고 가는 그런 무책임한 행동은 다신 하지 않을게."

애린은 등 뒤에서 들려오는 진우의 말을 한 마디도 놓치지 않고 들었다. 그러나 애린은 여전히 무심히 걷고 있다. 애린의 머리위로 고한우의 '암연'이 흐른다. "사랑이란 것은 나에게 아픔만 주고 내 마음속에 멍울로 다가와~~!"

무심히 애린의 등을 바라보는 진우의 가슴에도 "사랑이란 것은 ♪~~!"이라는 가사가 스며든다.

 사랑의 시작과 끝은 타인으로부터 온다

#27

천 개의 거울 속, 당신의 모습

도윤은 이른 아침 조깅복을 입고 세화의 집 앞을 지나며 창문을 올려다본다. 운동으로 단련된 도윤의 몸매가 훤칠한 키와 어울려 눈부시다. 도윤은 나른한 몸을 스트레칭으로 풀어가며 세화가 지금쯤 일어나 있을까. 혹 아직 잠들어 있을까 생각하며 강아지를 앞세워 뛴다. 골목어귀를 벗어나 녹음이 짙어오는 들판을 지나 진달래와 산 벚꽃이 어우러진 산책로를 따라 걸으며 도윤은 세화와 여의도로 벚꽃 구경하러간 때를 떠올린다.

언제나 당당하고 새침한 세화만의 매력이 때론 버겁고 때론 귀엽기만 하던 시간, 세화의 사랑스런 아이와 도시락까지 준비한 나들이의 설렘이 세화의 새침한 행동으로 순간 당황스러웠던 시간이 도윤의 뇌리를 스친다. 아름답지만 언제나 속을 헤아릴 수 없을 만큼 두 얼굴을 가진 여자, 따스하지만 언제나 곁을 내주지 않던 세화가 며칠 전 아침엔 욕실 정사로 까지 이어져 불쑥 자신을 받아주던 시간들……. 촉촉하게 젖은 두 눈과 뜨거운 심장이 맞닿은 순간, 세화의 이글거리는 외로움이 한 순간에 도윤에게로 녹아내리듯 뜨거웠던 시간이었다.

그러나 나들이 중간 중간 자신이 당황스러울 정도로 차가웠던 세화의 얼굴을 떠올리면 도윤을 엉거주춤 뒷걸음치게 만든다. '너무 다가서면 두렵다던' 그녀를 차마 더는 다가서지 못하고 망연히 바라보고만 있었던 시간이다. 왜 사람을 사랑하는데 시간과 정열을 의심받아야 하는가. 도윤은 잠시 고개를 젓는다. 그렇다면 나들이를 떠나기 전의 아침정사는 또 뭔가? 단지 육체의 본능 정도로 일단락 지어야 하는가.

도윤은 이러 저러한 생각들로 산책로를 따라 걸으며 앞세운 강아지를 끌어안는다. 산책로를 따라 걷는 이들의 발걸음이 하나 둘 이어질 쯤 도윤의 뇌리 속엔 세화의 절정의 얼굴들이 스친다. 스펀지처럼 부드럽게 감기던 살결 촉촉이 내려앉아 자신을 끌어들였던 그 은밀했던 푸른 숲, 가녀린 손끝으로 내 내 남자를 자극했던 순간들. 도윤은 순간 눈이 아찔해오며 세화의 푸근했던 젖가슴이 한 눈에 찬다.

남자의 가슴의 하이네의 詩 '슈만의 시인의 사랑 중에서' 한 구절이 흐른다.

"눈부시게 아름다운 날/ 모든 꽃봉오리들이 피어날 때/ 나의 가슴속에도 사랑의 꽃이 피었네./ 눈부시게 아름다운 날/ 모든 새들이 노래할 때/ 나의 불타는 마음을 사랑하는 이에게 고백했네."

아아! 꼭 그대로 며칠쯤 세화의 품에 안기어 잠들어 뒹굴고 싶었던 순간이었다. 그러나 이제 온전히 하나가 되었다고 생각하고 더 잘해주고 싶고 더 다가가고 싶었는데 ……. 세화는 그녀만의 삶의 노하우인지 편견일지도 모를 이유로 자신을 격리시키고 있다.

문득 가이드 포스트사의 회장인 루스 스태퍼드 필의 말이 떠오른다. "사랑을 성공하고 싶다면 여자를 연구하세요. 희귀종의 신기하고 매력적인 동물인 것처럼 연구하세요. 그녀가 좋아하는 것과 싫어하는 것, 취향과 습관에 대해 연구하세요. 보다 적극적으로 다가가 그녀를 알아야 하고 보다 진지하게 연구하세요. 그녀가 뭘 꿈꾸고, 뭘 생각하는지 어느 때 가장 좋아하고 어느 때 가장 슬퍼하는지……. 한 여자와 성공적인 사랑을 원한다면 연구하세요. 단순히 그녀를 사랑하는 것만으로 충분하지 않습니다. 그녀는 끊임 없이 변화할 것이니 연구는 계속 되어야 합니다. 혹 연인 또는 아내를 두고 애초 자신과 맞지 않는다고 느끼거나 그녀를 만나지 말았어야 해 후회한다면 상대를 충분히 연구하지 않고 대처하지 않았기 때문입니다."

그의 말을 떠올리던 도윤은 약수터의 물을 서둘러 몇 모금 마시고 정신을 가다듬고 두 팔을 벌려 크게 숨을 고르며 생각한다. 그래, 보다 적극적으로 그녀를 향해 한 걸음 달려가 보자……. 갑자기 도윤의 발걸음이 가볍고 경쾌해진다. 산들바람은 도윤의 귓불을 타고 아침을 깨우는 새들과 하나가 되어 뛴다. '이 세상의 오직 그녀만을 위한 마음의 집을 짓자. 그녀가 마음 놓고 와 쉴 수 있게' 도윤의 얼굴의 새로운 사랑의 대한 기대와 싱그러운 봄의 향기가 흐른다. 도윤의 곁을 달리던 흰 푸들강아지도 즐거움에 덩달아 뛴다.

한편, 늦은 잠의 포만감을 느끼며 세화가 잠에 깨어 정원 가득 피어난 꽃들에 물을 주고 여유로운 커피 한 잔을 들이킬 쯤 도윤의 휘파람소리가 담장을 넘어 온다. 며칠 째 아무런 소식이 없던 그가 경쾌하리만치 유쾌한 모습으로 다가온다. 낮은 담장의 장미 넝쿨 사이로 얼굴을 내민 도윤의 모습은 순진한 어린 소년 같다. 세화도 소녀처럼 일어나 소년을 기다렸다는 듯 여리고 가는 손을 들어 도윤을 향해 손을 흔든다. 어느 새 두 사람 정원 한 가운데 자리를 잡고 앉아 여린 풀꽃들과 하나로 커피를 마신다. 언뜻 언뜻 신기하듯 그녀의 얼굴을 훔쳐보는 도윤. 그녀의 머리 위로 아침 햇살이 누부시다. 도윤은 그녀의 머리 위로 떨어진 꽃잎을 하나 둘 주워들어 세화의 귓가로 얼굴로 대어본다. 세화는 유난히 흰 이를 드러내며 작은 미소로 도윤을 바라본다. 마주보는 두 사람은 이내 웃고 만다. 도윤의 손이 여자의 어깨를 감싼다.

"엄마 어딨어?" "어, 여기있어" 두 사람의 모습을 본 아이가 정원 가득 환한 미소를 보이며 달려온다. 늘 한 가족이었던 것처럼 도윤은 다가가 아이를 번쩍 안아들어 볼에 뽀뽀 한다. "아지씨 따리 운동 할끼?" "좋이요! 그럼, 우리 다 같이 배드민턴 해요." 순간 세화의 눈치를 보던 아이는 도윤의 눈짓에 그만 허락하고 만다.

아침 햇살 아래 덩달아 강아지도 세 사람을 끼고돌며 껑충 껑충 뛰고 하늘 높이 나는 공을 따라 세 사람 모두 덩달아 뛰느라 바쁘다. 훤칠한 키의 도윤도 딱 달라붙는 흰 니트의 땀방울이 배어 도윤의 근육질에 몸매가 점점 드러난다. 세화의 훤히 드러난 젖가슴도 땀방울에 점점 젖어가고 봄을 닮은 노란 셔츠의 몸 윤곽이 햇살 아래 눈부시다.

한동안 이어진 운동으로 숨이 차오른 세 사람, 얼굴을 맞대고 물을 벌컥벌컥 들이키기도 하고, 서로 자리를 이동하여 또 한 번의 경기를 즐긴다. 아이도 세화도 오랜만에 화창한 봄날 아침 운동으로 배드민턴 경기의 활기가 붙은 세 사람, 점점 열기가 뜨겁다. 세화가 아우성을 지르며 하늘을 높이 나는 공을 향해 더 높이 뛸 때마다 세화의 젖가슴도 함께 출렁인다. 아이도 제 키를 넘는 공을 향해 바삐 뛰고, 도윤도 출근 시간을 잊고 눈부신 햇살을 향해 얼굴을 가리며 때론 눈살을 찌푸려가며 지지 않으려 안달이다.

무엇보다 세화는 아이와 함께 할 때, 뭔가에 열중할 때, 무대에서 자신의 감성을 끌어내어 노래 할 때, 세화는 아름답고 행복해 보인다. 그리고 무엇보다 자신과 함께 할 때 절정의 호흡의 순간의 모습에서 ……, 도윤은 유쾌한 미소를 세화에게 내보이며 마냥 행복하다.

한동안의 뜨거운 아침운동으로 더 가까워진 세 사람, 그들

의 얼굴에 땀방울만큼이나 정겨움이 친근함이 배어난다. 운동을 마치고 정갈하게 차려진 아침상까지 받으며 도윤은 유쾌하게 세화를 향해 웃어 보인다. 그리고 아이 모르게 살짝 눈인사도 사랑스러운 제스처를 취한다. 어제의 친절이 오늘의 보상으로 또 한 번의 릴레이를 기대하는 도윤의 속셈을 읽기라도 하듯 세화는 얄밉게 어깨를 들썩이며 웃어 보인다. "아저씨 우리 집에서 같이 살았으면 좋겠다. 그치 엄마? 엄마 아저씨 우리 집에서 같이 살면 안 돼?" 갑자기 아이의 물음에 세화는 당황해 어쩔 줄 모른다. 언제 어느 때 또 세화가 장미의 날카로운 가시를 내보일지 모르지만, 지금 이 순간 세화의 얼굴은 사뭇 흐뭇해 보인다. 누군가가 새겨둔 글귀가 남자의 머리를 스친다.

"누군가 나를 필요로 한다면 삶이 더 멋있어질 것이다. 그러나 밤낮 종일토록 혼자 산다면 아무 것도 보여 줄 것이 없다. 가족과 함께라면 내가 이룬 것이 무엇인지를 알 수 있다.무엇을 위해 살아왔는지를 알게 된다."

흐뭇하고 행복한 순간 도윤은 삶에 뭔가 중요한 의미를 갖게 된다. 어느 새 도윤의 가슴에는 하이네의 시 '슈만의 시인의 사랑 중에서' 한 구절이 이어진다.

"눈부시게 아름다운 날/ 모든 꽃봉오리들이 피어날 때/ 나의 가슴 속에도 사랑의 꽃이 피었네./ 눈부시게 아름다운 날/ 모든 새들이 노래할 때/ 나의 불타는 마음을 사랑하는 이에게 고백했네⋯⋯."

 사랑의 시작과 끝은 타인으로부터 온다

만약 사랑이 당신을 (나를) 구원 한다면…

휴일 한낮, 연희는 남편과 식사를 하다가 초록이 물든 거리를 망연히 바라보고 있다. 문득 유리창 밖 홀로 걸어가는 한 남자를 발견한다. 어린이날을 맞은 도심 거리는 축제를 맞은 양 즐거운 아이들로 분주하다. 그 가운데 눈썹 짙은 닥터 한이 홀로 걸어가는 모습이 눈에 들어온다. 닥터 한이 걷는 발걸음을 따라 연희의 눈도 함께 따라 걷는다.

모두가 고개를 들고 웃고 있는데, 오로지 닥터 한만이 고개를 숙이고 힘없이 걸어간다. 남편 기현이 갓 태어난 아기에게 젖병을 물리며 아이의 성장 과정을 신기하듯 바라보며 아이와의 소통을 위해 몸부림치는 동안 연희는 창밖 도윤의 동선을 지켜보며 식사를 하는 둥 마는 둥 한다. 카페 가득 음악 '피아졸라의 망각'이 흐른다. 연희의 가슴에 닥터 한의 한마디가 떠오른다. "아내가 아이를 낳다가 몇 년 전 세상을 떠났어요. 용기를 잃지 말고 살아요. 그래도 당신은 사랑을 나눌 가족이 있으니……"

연희는 어머니의 마음처럼 작은 동요를 일으킨다. '착한 마음이 공유할 사랑을 잃었으니 ……. 씨앗뿌리기보다 더 나은 쾌청한 햇살이 가득한 날. 봄은 절정으로 치닫고 있는데 그의 마음은 슬픈 봄비를 재촉하고 있다. 연희는 남편 기현에게 적당히 둘러대고 카페를 나와 닥터 한의 발자취를 뒤따른다. 닥터 한은 누군가 자신을 주시하는지도 모른 채 홀로 걸어간다. 그는 걸어가던 길목어귀 꽃집에 들러 안개꽃이 섞인 장미 한 다발을 안고 나온다. 곧이어 신발 가게어 들러 아이 신발을 고른다. 이 모든 행위를 연희는 도로변에 차를 세워놓고 망연히 바라보고 있다.

 사랑의 시작과 끝은 타인으로부터 온다

연희는 문득 닥터를 지켜보는 자신이 한심하기도 하고, 처진 그의 어깨가 측은하기도 하다. 혹 어디 친척집이나 아이 딸린 새로운 연인을 만나러 가는 중일지도 모른다는 생각을 하며 연희는 남편에게 더 이상에 의문을 주지 않기 위해 차를 유턴하고 되돌아가기를 서두른다. 그러는 사이 닥터 한은 잠시 거리를 훑다 막 다른 골목어귀 횟집으로 들어간다. 연희는 유턴하던 차를 다시 돌려 세워 그를 지켜본다. 열려진 가게 문으로 닥터가 홀로 앉아 소주 한 병과 오뎅탕을 시켜놓고 마시고 있다. 순간 그가 누군가를 기다리는 것일지도 모른다는 생각을 하면서도 들어가 마주앉아 한 잔 할까라는 생각도 한다. 하지만 그대로 그를 지켜보기로 한다.

그러나 그는 그리 길지 않은 시간 간격으로 소주 몇 잔을 들이켜고 곧장 택시를 잡아탄다. 연희는 순간 의도하지 않은 미행을 서두른다. 그가 눈치 채지 못하게 승용차 몇 대 간격을 두고 그가 달리는 택시를 따라 십 여분을 가다 도착된 곳은 위패를 모신 납골당이다. 그의 아내와 아이를 잠재운 곳이다. 그는 들고 온 꽃다발과 새 신발을 가지런히 아내와 아이 곁에 놓아준다. 그리고는 한때 행복했던 순간의 다정한 사진들을 묵묵히 바라보고 서 있다.

연희는 남자의 등을 망연히 지켜보다 건물 안에서 나와 정원 가득 피어오른 꽃 담장에 앉아 아이 때문에 끊었던 담배를 피어문다. 오랜만에 입 안 가득 차오른 담배 연기의 향연처럼 인생이 씁쓸하기도 하고 아련해지기도 한다. 이생의 마지막 터전으로 사람들의 삶에 오물을 뒤집어 쓴 채 우두커니 서 있는 이 건물. 이 건물 안 사람들은 다들 닥터 한 아내의 아픔처럼 갖가지 사연들로 이곳에 머물러 있다. 그들의 가족들은 묻힌 자와 함께 겪은 고통과 아픈 이별의 시간을 지켜보고, 좀더 겸손해지며 홀로 살아가는 법을, 함께 살아가는 법을 일깨우며 살아가리라.

연희는 힘없이 처진 닥터 한의 모습을 뒤로하고 이제 그가 새로운 사랑의 구원으로, 새로운 인생이 펼쳐지기를 바란다. 차창 밖 한강변을 걷는 사람들, 봄 햇살 아래 평화로워 보이는 그들도 각자의 사연을 안을 채 오늘을 부딪쳐 가리라. 운전 중에도 연희의 뇌리엔 닥터 한의 힘없이 처진 등이 계속 아른거린다.

그로부터 며칠이 지난 어느 날, 여느 때와 다름없이 연희는 휴일 한 낮 저녁을 준비하기 위해 마트를 분주히 훑고 있다. 때마침 누군가 부스럭거리며 시장바구니에 생각 없이 이것저것 식품들을 담아 넣는 남자가 눈에 띈다. 닥터다. 그의 머리는 온통 딴 생각을 하고 있는 듯 의례적이고 형식적인 손놀림으로 일주일 치 식량을 잡아든다. 모두 일회용 인스턴트식품들이다. 으레 혼자 사는 남자들이 그러하듯 쉽고 간편하게 먹을 수 있는 것들이다.

연희는 문득 얼마 전 그의 행동을 떠올리며 갑자기 그의 곁으로 다가가 마치 오래 된 연인처럼, 부부처럼 그의 장바구니를 낚아채어 하나 둘 빼낸다. 갑작스럽게 일어난 일이라 닥터 한은 당황하며 연희를 바라본다. "전부 암을 일으키는 식품인 것 몰라요. 당신 의사 맞아요?" 그렇게 아내와 아이에게 빨리 가고 싶어요." 연희는 다짜고짜 닥터를 호통친다. 그러면서도 전혀 의도하지 않았던 자신의 행동에 스스로도 놀란다. 그리고 잠시 그를 바라본다.

닥터 한은 빙그레 웃으며 "마치 저와 몇 년을 함께 산 마누라처럼 말하네요." 연희는 그제야 닥터 한을 바라보며 얼굴을 붉히며 웃는다. 이느덧 두 사람은 예전보다 가까워진 것을 느낀다. 주변 사람들의 눈을 피해 엉거주춤 마트에서 나와 오피스텔 엘리베이터 안에 함께 서 있다.

왠지 어색하다. 장바구니엔 연희가 채워준 야채 식품들로 가득하다. 닥터 한이 자신의 층을 누르고 잠시 엘리베이터 벽에 등을 기대섰을 때, 연희는 잠시 자신이 내려야 할 층을 어떻게 눌러야 할지 몰라 고민한다. 지난번 그를 동네에서 발견하고 같은 동네에 사는 것쯤은 예상하고 있었다. 그러나 설마 사는 건물까지 같을 줄은 예상하지 못했다. 그런 그가 반가우면서도 조금은 당황스럽다. 우연한 인연이 만남의 필연처럼 느껴져 아찔해진다. 잠시 주춤거리다가 새삼 우연을 가장하여 자신의 집 층을 누르려 다가설 때 닥터는 연희의 손을 막아 끌어 잡는다.

연희는 순간 당황하면서도 그의 손을 뿌리치지 못하고 서 있다. 잠시 알 수 없는 감정의 기류가 흐른다. 얼떨결에 닥터 한의 손에 이끌려 그의 집안으로 들어선 연희는 그가 커피를 내리는 동안 소파에 앉아 그의 숨결이 밴 곳곳을 훑어본다. 혼자 사는 남자치고는 심플하고 정결하게 정돈 된 거실 안. 독거 아저씨의 냄새를 조금이라도 없애려는 듯 열어둔 테라스 창문으로 시원한 봄바람이 스며든다. 아직도 거실 벽 한쪽을 차지한 가족사진, 그 사진을 배경으로 한 집안은 아직도 그가 오붓한 가정을 일구며 사는 가장처럼 보인다.

새초롬히 지켜보던 연희는 주방에서 커피를 내리는 닥터 한 등 뒤로 다가가 잠시 그의 등에 고개를 묻는다. 거대한 들판처럼 커보이던 그의 등은 마치 어린 소년의 등처럼 작아지며 간헐적으로 떨린다. 점점 그의 심장소리는 더 거칠게 뛰어온다. 연희는 그의 심장 소리를 조용히 느끼다가 갑자기 앞치마를 내달라면서 쇼핑한 식품을 골라내기 시작한다.

그동안 묵혀둔 주방 식기들이 오랜만에 주인을 만난 듯이 생기를 되찾는다. 기름과 음식냄새로 온 집안이 사람 사는 온기로 가득하다. 남자는 청소기를 돌리고 세탁기를 돌린다. 그동안 주인의 손길을 잃어 죽음을 앞둔 화분에도 물을 가득 넣어준다. 남자의 얼굴에도 생기가 돈다. 이미 다른 남자의 아내가 된 연희를 두고도 닥터 한은 약간의 두려움을 동반한 설렘을 감추지 못한다. 연희의 상황과 상관없이 스스로의 삶에 생기를 되찾아 간다. 연희도 닥터 한을 위해 음식을 하는 동안 내내 즐겁고 행복하다. 누군가를 위해 뭔가를 한다는 일이 이토록 가슴 벅차고 즐겁다는 것을 새삼 느낀다.

그동안 남편 기현에게 소원해져 아내로서 제대로 된 음식 한 번 차려 내주지 못한 미안함이 잠시 스쳤지만, 그러나 오늘만은 남편이 아닌 자신의 주치의인 닥터 한을 위해 음식을 만든다는 행복감에 빠진다. 그와 함께 할 식단의 음식들은 얼큰하고 매콤한 '홍꼬탕'이다. 연희는 며칠 전 초대받은 지인의 집에서 그녀가 정갈한 손끝으로 내온 음식 맛을 잊지 않고 재연한다. 그녀의 손맛을 재생하기에는 역부족이지만 제법 맛난 음식이 되었다.

연희는 닥터 한에게 '홍꼬탕'의 발음을 주의하여 잘하지 않으면 안 된다고 들은 얘기까지 일러준다. 두 사람은 마치 오래 사귄 연인 또는 부부처럼 다정히 끓인 국의 간을 본다. 멸치를 우려 낸 국물에 무와 홍합, 꼬막, 미나리, 파, 청양고추를 넣어 다시 한 번 팔팔 끓인 국이다. 매콤하고 얼큰한 맛이 시원하다. 특히 술을 마신 다음 날 속 푸는데 별미다. 닥터 한은 그동안 한 번도 맛보지 못한 국물 맛이라며 연거푸 세 그릇을 비운다. 연희는 닥터 한에 대한 측은한 마음에서 시작된 사랑은 연민만큼의 물리적 시간으로 일시적일 것이라고 스스로를 안심시킨다.

이 주술적 처방은 닥터 한이 새로운 사랑을 찾아 과거의 상처를 치유하는 그날까지 자신은 좀더 가까이서 지켜봐 줄 뿐이다. 누군가의 말처럼 당분간 사랑에 대해서는 아무 말도 하지 말자.

"서로 사랑하는 사람이 꼭 하나의 마음과 하나의 영혼이 되는 것이 가장 바람직한 것은 아니다". "나는 나의 일을 하고, 너는 너의 일을 한다. 나는 너의 기대를 채우려고 이 세상에 있는 것이 아니다. 너는 너고, 나는 나다. 만약 우리가 우연히 서로를 발견한다면 아름다울 테지…."

(Perls/stevens)

연희는 심리학자의 사랑의 격언까지 되새기며 사랑에 대해서는 겁내지도 성급하게 굴지도 않으리라 다짐한다.

어느덧 연희의 가슴 가득 '피아졸라의 망각'이 흐른다. 오랜만에 따스한 음식으로 나눔의 온기를 맛본 닥터 한의 가슴에도 "피아졸아의 망각"이 스며든다. 이제 닥터 한의 가슴에도 '과거를 놓고 현실을 살아가야 한다'는 생각이 찾아든다. 만약 자신에게도 '사랑의 구원이 온다면' 이제 하늘나라에서도 아내와 아이가 좀 더 자유로이 살아가도록 그들의 손을 놓아줘야 한다고 …. 아니, 그들이 보내온 선물일거라고 생각한다.

사랑의 악마는 승부보다 존엄을 지킨다.

애린이 봄빛 가득한 거리를 아무 말 없이 등을 보이며 걸어가자 진우가 외친다. "승산 없는 게임에 시간 낭비하지 말고 나랑 함께 삽시다. 어때요? 계속 머리 굴릴 거라면 난 이쯤에서 손을 떼죠. 당신 이래도 주춤할 거예요? 난 당신과 살고 싶어요. 당신이 늙어 노파가 되어 지팡이를 의지하지 않고는 걸을 수 없을 때까지 당신 곁에 있고 싶어요."

무심히 걷던 그녀는 등을 돌려 진우를 바라본다. "만약 그렇다면 세 가지만 약속할 수 있어요?" "뭐든 말해요." "이혼한 전 부인과 아이에게 연연하지 않기, 나보다 먼저 죽지 않기, 내가 잠시 딴 남자와 바람을 피워도 되돌아올 때까지 기다려주기." "하하하! 그러다 영영 안 돌아오면?" "그러니 바람이죠." "그것 참, 고통스러운 일인데…. 당신이라면 기다려야지. 내가 더 많이 사랑하니, 인명(人命)은 장담할 수 없지만 노력할게. 건강하게 당신보다 더 오래 살아 당신 떠나는 걸 내가 지켜줘야지. 그리고 전 부인과 아이 문제는 차차 의논하겠지만, 지금은 역할이 아니라 의무만 있을 뿐이야. 그 의무에 관한 일도 당신의 의견을 존중해서 정하겠어. 이제 됐어요?"

애린이 그런 진우가 귀여운 듯 빙그레 웃고 서 있자, 진우가 다가와 애린의 어깨를 감싸 안고 걷는다. "프러포즈를 이렇게 거리에서 막무가내로 하긴가요?" 애린이 안도 반 투정 반 소리치자, 진우가 빙그레 웃으며 어깨를 보다 거칠게 잡아끈다. 어느 새 도로 위를 걷는 두 사람 머리 위로 벚꽃 잎이 휘날린다. 봄볕 가득한 햇살 아래 다정히 두 사람 얼굴엔 이제 미래를 함께 할 꿈으로 호기심으로 가득하다. 가구점, 옷가게, 전자제품 판매점 앞에서도 무엇을 고를까, 입을까, 어떻게 배치할까, 두 사람은 이제 새로운 사랑의 보금자리를 찾아 꿈에 젖는다.

몽롱했던 지난 날을 보자기에 싸서 저 멀리 내 보내고, 아끼고 빛났던 기억만, 사랑만을, 담아 보물처럼 안고 사뿐한 걸음마를 위한 새 출발이 시작된 것이다. 도심 한복판, 두 사람은 즐비한 자동차의 소음 사이 도로를 활보하며 오랜만에 든든하고 튼튼한 연인 사이로 회복되어 새로운 사랑의 보금자리를 꿈꿀 준비로 유쾌하다.

같은 시각, 봄빛 가득한 도심의 거리. 그녀 세화가 제작자인 남자 도윤과 장미 넝쿨이 즐비한 고급레스토랑의 로드 테라스에 앉아 새로 기획된 공연 회의를 하고 있다. 세화의 가는 목선을 타고 핑크빛 터틀 넥 셔츠가 우아한 자태와 어울려 섹시하다. 도윤의 블루 셔츠와 하나로 입체적 세트를 이룬다. 세화가 하나 둘 서류를 체크하고 나갈 때마다 봄바람에 나부끼는 그녀의 흰색 치마와 더불어 서류들도 하나 둘 날린다. 그때마다 도윤은 검은 선글라스를 끼고 바람에 나부끼어 간간이 드러나는 세화의 허벅지를 훔쳐본다. 희뿌연 살결만큼이나 생기롭다. 그런 도윤이 세화는 사랑스럽다.

'사랑의 테마별 공연, 정말 멋진 무대를 연상시킨다. 서울 공연을 시작으로 아시아 유럽까지 탄탄대로로……' 도윤의 반짝이는 아이디어는 과연 최고의 프로듀서요, 제작자다운 면모다. 간간이 완벽한 그의 집중력과 열정의 시선을 벗어나 잠시 그와 함께 했던 밤들을 떠올린다. 일에서 만큼은 한꺼번에 일사천리로 끌고 가는 반면에 그의 밤 테크닉은 온화하고 다정했다. 잔잔한 듯 디테일하고, 때로는 여인처럼 섬세했다.

그의 섬세한 디테일은 어디서 오는 걸까? 그의 말대로 그녀에 대한 간절한 마음을 얻기 위해, 우주의 신비의 샘물을 얻기 위해서는 결코 서둘러서는 안 된다고……. 바람결에 나부끼는 그의 머릿결만큼이나 신뢰가 가는 얼굴이다. '저 근엄한 저 엄숙한 자상함은 어디서 오는 걸까? 이미 이혼한 남편 진우가 저 정도 품격을 고수했다면……. 아마 도윤도 함께 살면 지금의 멋진 모습보다는 허름해지는 시간이 닥쳐오겠지…….'

세화가 이런 저런 생각들로 가득할 때 건너편 도로 위에서 남녀가 다정히 웃으며 거리를 배회하는 모습이 들어온다. 이런, 이혼한 전 남편과 대학후배인 애린이 손을 맞잡고 다정하게 걷고 있다. 세화는 잠시 벗어 두었던 선글라스를 끼고 담배를 피어문다. 세화는 그 공허하고 쓸쓸한 순간이 뭔지 모를 만큼 크게 가슴에 차온다. 자신도 모르게 긴 한숨으로 내뿜는 담배연기, 도윤의 가슴과 얼굴에 정면으로 부딪친다. 도윤은 그런 그녀가 팜므파탈을 동반한 섹시한 아름다움이라 생각한다. 언제나 휴머니티를 가장한 애정의 마술사 같다고나 할까…….

　도윤이 회심의 미소로 세화를 바라본다. 세화는 피우던 담배를 우악스럽게 비벼 끄고 " 배고파요. 우리 저녁 먹으러 가요?" "그래요. 가는 길에 잠시 공연장 한 곳만 체크하고 갑시다." "네, 좋아요."

　공연장에 들어선 두 사람은 스태프들과 무대와 조명, 객석 등을 일일이 체크하고 등장과 퇴장을 어디서 어느 쪽으로 할지를 의논한다. 세화가 무대 뒤 어두운 분장실 통로 쪽을 나오려던 찰나, 도윤이 무대 뒤 어두운 막 사이로 세화의 손목을 이끌고 무대 벽에 몸을 밀어 붙인다. 늘 온화한 자상함만을 가장하던 남자가 폭군처럼 뜨겁게 달려들자 세화는 놀란 토끼눈이 되어 바라본다. 어느새 도윤의 두툼한 입술이, 혀가 퍼붓듯 그녀의 입안 가득히 달려든다. 당황한 세화도 어떨 결에 그의 혀를 넋놓고 받아들인다. 순간 그의 비릿한 입 냄새가 입 안 가득 고였지만, 얼마 후 그 냄새는 사라져가고 달콤한 멜로디로 변한다.

　그 누구도 흉내낼 수 없는 도윤의 섬세한 손의 터치는 그의 입 냄새마저 잊게 만든다. 그의 손은 어느새 세화의 목선을 타고 조금 전 카페테라스에서부터 가녀린 봄바람을 타고 유혹하던 치마 속 허벅지까지 올라섰다. 점점 그의 손은 펄럭이던 치마 속을 지나 희뿌연 속살까지 다가섰다. 이제 도윤의 거친 호흡은 가릴 것 없이 곧장 달린다. 이제 자신의 지퍼를 허겁지겁 내리고, 세화의 한쪽 다리를 하늘을 향해 세운 뒤 도윤의 힘찬 둔기는 세화의 몸을 거칠게 파고든다.

누군가 어디서 어떻게 나타날지 모르는 불안감은 스릴로 변해 격정의 호흡을 달리는 두 사람. 미음 섞인 세화의 신음이 불안하다. 격정의 호흡을 가까스로 다듬는 두 사람. 무대 밖은 여전히 스태프들의 말소리로 공명이 울린다. 어느 새, 도윤의 호흡은 절정을 내려와 세화의 이마에 가벼운 입맞춤을 한다. 세화가 답례하듯 도윤의 이마의 땀방울을 매만지자 도윤이 손수건을 꺼내 세화의 젖무덤에 고인 땀방울을 닦아준다.

해질녘 배고픈 식욕의 다급함이 성욕으로 허겁지겁 남모를 정사를 치른 두 사람. 서로 가벼운 입맞춤으로 미소 짓고 아무 일 없다는 듯 도윤이 무대 밖으로 나간다. 세화는 도윤과 간격을 두고 우아한 드레스의 피날레 의상을 입은 듯 흰 치마를 끌어올리며 객석을 향해 인사한다. 조명이 순식간에 오색 찬란히 번쩍이고 마지막 핀 조명 하나만을 남긴다. 잠시 정적이 일고 스태프들과 수고의 인사를 끝으로 두 사람은 공연장을 나온다.

공연장을 나온 세화는 조금 전 무대 뒤 갑작스러운 도윤과 정사 후 흥분을 가라앉히지 못하고 쑥스러워 도윤의 얼굴을 제대로 보지 못하고 서있다. 애써 저녁을 먹자던 도윤을 뒤로 하고, 세화는 집에 급한 볼일을 핑계로 서둘러 집으로 향한다. 집에 들어선 세화가 외출복을 갈아입는 동안 겉옷 터들 넥에서는 아직도 그의 체취가 이어진다.

아찔한 순간을 애써 참아내며 가슴 가득 끌어안고 허밍으로 노래한다. 바흐 - 안나 막달레나를 위한 음악 중 '당신이 곁에 계시다면' 이 머리 위로 이어진다. 깊고 감미로운 선율은 세화의 가녀린 목선을 타고 가슴으로 이어진다. 세화의 눈엔 사랑의 설렘으로 얼굴은 봄빛 가득 화사하다. 그 몸짓에 이어 발레리나로 변신하여 다양한 스텝으로 포즈로 온 방안이 기쁨에 찬다.

연이어 세화의 아름다운 목소리로 불려지는 노래, "당신이 함께 계시다면 기쁜 마음으로 안식을 취하리다. 흐~~음 흐~~음~~~!" 그 위로 요란하게 울려대는 휴대폰 벨소리.

"선배, 애린이예요. 기억하시죠. 저 곧 결혼할 것 같아요. 오늘 아저씨한테서 프러포즈 받았어요. 전 형부라 불러야 하나! 아무튼 선배에게 제일 먼저 축복 받고 싶었어요."

“그래 고마워! 이제 깨끗하게 내 과거를 청산하게 해줘
서……. 잘 해치웠어. 그래!” “선배가 많이 섭섭해 할 줄 알았
는데, 오히려 쉽고 간결해 제가 더 씁쓸하네요.……”

전화를 끊고 난 뒤 세화는 갑자기 어리둥절해진다. 온 심기
가 뒤틀린 듯 조금 전 들뜬 기분이 갑자기 절벽 아래로 추락 된
듯이 우울히 밀려온다. ‘최소한 자신의 재혼을 지켜본 뒤쯤이
나 결혼을 생각해볼 줄 알았는데, 먼저 선수를 쳐?’ 모로 앉아
있던 세화는 자리에서 일어나 옷들을 내 팽개치듯 옷장 속으
로 집어넣는다.

‘섭섭, 흥! 그따위 게임으로 나를 흔들려 하다니 아직 인생
의 끝은 멀었지. 다만 나는 나의 존엄을 지킬 뿐이야!’ 조용히
침대 끝에서 일어난 세화의 가슴은 조금 전과는 다르게 깊고
아늑한 한숨과 회한으로 가득찼다. 그녀는 창밖을 응시하며
노래한다. 노래 도중 도윤의 환한 모습과 후배 애린과 다정히
거리를 배회하던 전 남편 진우의 밝은 모습이 뇌리에 겹친다.

당신이 함께 계시다면 기쁜 마음으로 안식을 취하리다.
~~~흐음 ~~~이 얼마나 만족스러운 결말인가요.

당신에게 바라옵건대 당신의 아름다운 손길로
안식을 취하리다. 흐~~음 흐~~음

 사랑의 시작과 끝은 타인으로부터 온다
~~~

그대 향한 사랑

초여름 풀 향기가 짙은 저녁, 진우와 애린이 결혼식을 하루 앞둔 오늘, 마지막 처녀로서, 싱글로서의 데이트를 마치고, 못내 헤어지기 아쉬운 듯, 두 사람은 아파트 단지 내 자작나무 숲속에서 사람들의 눈을 피해 담벼락에 기대고 깊고 긴 키스를 나눈다. 스르륵 스르륵 나무의 바람결 소리를 효과음으로 두 사람의 달콤한 키스가 끝나고 애린이 애써 주변을 의식하고 진우를 밀어내자 진우는 내일의 결혼식을 기약하며 애린의 이마에 가벼운 굿 바이 키스를 한다.

아파트 단지를 벗어나는 진우를 위해 애린이 손을 흔들어 인사한다. 진우의 발걸음은 한결 가볍다. 초여름 아카시아 꽃 향기가 진우의 코끝으로 스며든다. '이게 얼마 만에 누리는 행복인가. 이제 홀아비 신세에서 벗어나 더 당당히 어깨를 펴고 한 집안의 가장으로 회사 일에서도 더 확고한 자리를 구축하리라…. 아이는 한 세 명쯤 더 낳아 볼까.'

애린도 들뜬 마음으로 집에 들어서서 신발과 이브닝드레스, 한복을 몸에 대어보며 화장 톤과 액세서리를 어떻게 정할지 거울 앞에서 분주하다.

한편, 진우는 도로 위를 한참 배회하다가 문득 이혼한 아내(세화)와 처음 결혼식 때를 떠올린다. 언제나 풍부한 감성과 매력으로 많은 사람들을 사로잡던 그녀, 대학 선후배들과 그녀를 차지하려고 보이지 않게 경쟁해 쟁취했던 사랑. 하지만 결혼식은 이상하리만큼 침잠했다. 불륜으로 싸우고 화해하는 장황한 이야기 과정에서 터무니없이 헤어지고 이혼까지 가고 만 세화와의 사랑. 그 사랑 앞에 진우는 또 한 번 가슴이 저려 온다.

오랜만에 아들이 보고 싶어진다. 그러나 막상 아이 얼굴을 기억하려니 아무런 모습이 떠오르지 않는다. '계절의 들판이

푸른 옷을 갈아입듯 자신의 인생에도 새로운 옷을 갈아입어야 겠지만, 그러나 자꾸만 멀어져간 세화와 아이의 얼굴. 이제 떠나간 옛사랑으로 그녀를 내려놓아야 한다.' 진우가 지난 과거를 내려놓으려 몸부림칠 때마다 그의 손에 든 술잔도 같이 비워진다.

결혼 전 마지막으로 아이 얼굴을 한 번 보고 싶다는 생삭에 어느 새 진우의 발걸음은 술집을 나와 세화의 집 앞이다. 초인종을 누르기 전, 진우가 긴 담배 한 개비를 피워 물때쯤, 세화와 아이가 외출에서 돌아오고 있다. 골목어귀를 돌아 아이가 반가움에 한걸음에 달려들어 진우의 품에 안긴다. 이 광경을 지켜보던 세화가 어설픈 재회를 반기지도 못하고 한마디 건넨다.

"결혼식 전야제로 바쁘실 텐데 여긴 왜요?" "녀석 한 번 보러 왔지." "이제 아이 보러 오는 날도 미리 약속하고 오세요." 어색한 재회를 마친 진우와 세화. 망연히 바라보던 세화가 휑하니 대문을 열고 집안으로 들어가 버리고 아이와 진우만이 남아 마지막 부자의 정으로 진우가 예전보다 아들을 더 힘껏 안아 본다.

다음 날 세화의 공연 날이자, 진우와 애린의 결혼식 날이다. 이른 아침부터 모두들 바쁘다. 결혼식장으로, 공연장으로 무대 위에선 배우와 가수들이 마지막 피날레 인사 연습으로 분주하다. 무대 한 곳에선 세화와 제작자인 도윤이 인터뷰를 하느라 기자들에게 둘러싸여 있고, 카메라 플래시는 쉴 사이 없이 번쩍인다.

또 다른 한 곳 결혼식장에선 대기실에서 애린이 곱게 단장하고 머리를 매만지고, 마지막 부케와 액세서리를 선별하며 스타일리스트와 의논 중이다. 곧 이어 그녀의 친구들이 들어오고 축하메시지로 신부대기실은 분주하다. 같은 시간 세화의 공연장에서는 마지막 피날레 무대를 위해 세화가 눈부신 흰 드레스를 입고 등장한다. 객석에서는 박수와 환호가 이어지고 세화의 화려하고 아름다운 모습은 마치 하늘에서 내려온 천사처럼 우아하다. 세화의 감미로운 목소리는 공연장 안을 깊고 아늑하게 울려퍼진다. 연이어 그녀의 마지막 파이널 무대를 장식하며 감동의 선율로 불러지는 노래, 김동규의 "그대 향한 사랑"이 이어진다.

♬하룻밤의 꿈이었던가.
새벽안개 속에 사라질
나의 붉은 치마폭에 안기어 동정 끈 입에 물던 님은

천하를 가진들 무슨 소용 있나.
이 네 눈 속에 내가 살수 없다면 오 내가 떠나가도 잊지는 마오.
그대 향한 니의 사랑만은 …♪

그녀의 가슴에 이별의 슬픔이 고여 온다. 마지막 후렴구를 애절하게 부르려던 세화의 머리 위로 갑자기 천장의 조명등이 떨어진다. 누군가 "위험해, 피해!"라는 비명 속에, 무대 위로 떨어진 조명등은 세화의 몸을 순간 덮치고 세화의 우아했던 흰 드레스는 피로 붉게 물든다. 객석의 아우성으로 공연장 안은 아수라장이 되고 만다.

같은 시각 진우가 마지막 분장을 마치고 결혼식장으로 향해 막 차에 올라타려는 순간 요란하게 울려대는 휴대폰 벨소리 "아빠! 엄마가 많이 다쳤어. 죽을 것 같아 피가 많이 나요! 빨리 빨리 병원으로 와주세요. 아빠 무서워!" 아이의 전화를 받고 진우는 잠시 전화를 끊고 생각하다가 불쑥 차를 돌려 세워 황급히 병원으로 달려간다. 애린에게는 급한 일이 생겨 좀 늦게 도착하리라는 문자만을 남긴 채. 그러나 금방 오겠다던 진우는 차마 아이와 아내만을 병원에 남긴 채 나올 수가 없다.

결혼식장 안에선 아무리 기다려도 신랑은 끝내 나타나지 않는다. 사람들은 하나 둘 씩 결혼식장을 빠져 나가고 가족들의 만류에도 애린만이 홀로 텅 빈 결혼식장을 지킨다. 이내 머리에 쓴 면사포를 내린다. 결혼식장 밖 유리창 너머엔 한낮의 따사로운 햇빛이 수많은 유리 알갱이들로 춤을 추듯 슬픈 신부의 눈 사이를 아른 거린다. 이내 애린의 눈가에 굵은 눈물방울들이 흐른다.

돌연 어디선가 다가선 진우의 친구인 스튜디오 최다. 그녀의 등을 감싸 안고 결혼식장을 나온다. "자식 이럴 녀석 아닌

데…, 이번 한 번만 애린 씨가 이해해줘요. 남자는 자신을 이해해주고 믿어주는 여자에게 전부를 겁답니다. 결혼식은 내일도 모레도 날은 많으니…." 애린은 그의 말에 아무런 대꾸 없이 눈물만 닦아낸다. "그저 가슴이 먹먹해질 뿐 아무런 생각을 못하겠어요. 흑흑…." 얼굴을 묻고 한동안 애린의 울음은 계속된다.

그렇게 이틀이 지나고 세화가 머리의 붕대를 감고 퇴원하던 날 아침, 아이와 진우가 세화의 소지품을 챙겨 나오자, 도윤이 기다렸다는 듯이 병원 문 앞에서 그녀를 마중하며 자신의 차에 태운다. 진우의 손에서 세화의 소지품을 건네 받아든 도윤, 그렇게 아이와 이혼한 아내인 세화를 접선하듯 건네 태워 보낸다.

이제 혼자 병원 앞에 서있는 진우, 문득 자신의 복장을 의식한 듯 애린을 떠올린다. 그러나 그녀의 전화는 계속 꺼져있다. 자신의 전화는 이제 영영 받지 않을 모양이다. 문득 자신의 인생이 왜 이렇게 허무맹랑하게 흘러가는지 쓸쓸해지기까지 하다. 진우는 병원 잔디밭에 누워 뭉게구름이 떠가는 하늘을 올려다본다. '살아가는 일이, 꿈을 꾸는 일이 그저 아름답기만 하다면……. 여자에 대한 사랑을 성서 잠언엔 "여자는 남자의 영혼을 유린한다고 경고했고, 전도서엔 죽음보다 더 쓴 게 여자"라고 경고 했듯이 자신이 그 규율을 지키지 못해서 오는 고통인가. 사랑은 늘 그렇게 자신을 유린하고만 가는데, 그렇게 살아가야만 하는 운명이라면 받아들여야하는가. 허무맹랑한 이런 저런 생각으로 하루는 저물어 간다.

기현은 아이의 성장과정을 지켜보며 과거 자신이 얼마나 한심한 바람둥이로 철이 없는 행동들을 일삼았는지를 깨닫는다. 최소한 아이와 아내를 고생시키지 않겠다는 결심으로, 몇 군데 대학 시간강사를 맡았다. 여전히 아내(연희)는 한 낮인데도 어디서 무얼 하는지 전화가 꺼져 있다. 그는 자신이 돈을 모으고 생활이 윤택해지면 돌아올 바람이라는 것쯤으로 여긴다.

그렇게 땀이 밴 열강으로 열의에 찬 하루하루를 보낸다. 간혹 강의 도중 맨 앞에 앉은 여학생의 짧은 스커트가 거슬린다. 때론 의도된 포즈 같기도 하고 아무튼 한동안은 그냥 넘길 수 있을 것 같지만…. 어느 때 그 놈의 성욕이 불끈 쏟아 오를지는 모를 일이다.

같은 시각 눈썹이 짙은 닥터 한은 진료실을 나와 병원 뜰 벤치에서 연희가 정성스레 싸온 도시락으로 햇살 아래 다정하게 한낮을 같이 보낸다. 간혹 연희가 닥터 한을 위해 물을 건네기도 하고, 닥터 한이 연희의 입가에 묻은 음식물을 닦아내주기도 하며 행복하다.

병원 문을 나서는 세화는 몇 바늘을 꿰맨 머리의 붕대를 풀고, 도윤의 팔짱을 끼고 정원을 내려선다. 그리고 또 다른 국제무대를 위해 기내가방을 차에 싣는 도윤, 공항을 향해 달리는 세화와 도윤의 차, 진우와 애린도 결혼식을 미루고 예정대로 신혼 여행지로 두 사람만의 밀월여행을 떠난다.

두 사람은 결혼이 아니라 계약 동거쯤으로 한 일 년 더 서로를 지켜보자고 결론 내린다. 그들의 머리 위로 "그대 향한 사랑"이 이어진다. 이국의 한 무대를 향해 가는 세화의 머리 위에도 도윤의 머리 위에도 그대를 향한 사랑이 흐른다. 영원한 뮤즈의 노래 "그대 향한 사랑"을 찾아 그들은 떠난다. 설령 그 사랑이 그들을 다시 유린한다 해도 ……

♬나를 찾아 주오 날 찾아 주오
눈물로 기다릴 다음 세상에는
사모했던 그대, 그대 그리워
그대 품에 들고픈 숨결을 찾아 나 세상 떠나가도 ♪

작가의 말

처음 이 글은 이 시대 남녀의 사랑과 이별에서 시작되었다. 그
것은 만남의 기쁨보다 어떻게 하면 헤어짐을 아름답게 할 수 있
을까, 그 마지막을 말하는 '헤어짐의 미학' 이라는 에세이 형식으
로 쓰기 시작한 글이다.

그러나 출판 시장의 어려움으로 인하여 이삼 년 침잠되었다가
작년에 아시아투데이에 신문연재를 하게 되면서 새로운 형식의
글로 더 구체적이고 다양한 에피소드로 확장하고 재구성하였는
데 이제 그 글들을 묶어 한 편의 장르 소설로 독자에게 다가간다.

그동안 극본 몇 편 쓴 게 고작인 내게 이렇게 큰일을 저지르도
록 계기와 용기를 준 아시아투데이 신문사에 감사드린다. "손 작
가 마음가는대로 한 번 써 봐요. 이 시대 무슨 얘기든" 그 마음가
는대로 마음껏 써 보라는 말이 내게는 큰 힘이 되었다. 누군가 나
를 믿고 내 감성으로만 써 보란 말, 아마 신문사에서 거창하게 내
민 주제였다면 얼마 못가서 부담으로 도망쳤을 것이다. 그러나
찬찬히 기다려주고 믿어준 아시아투데이 신문사에 다시 한 번 감

252

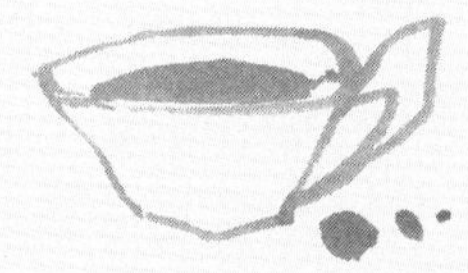

사드린다.

  그렇게 일간지 연재를 덜컥 맡아 시도한 글이라 그런지 다소 완성도에서나 캐릭터 구체성에서 조금 미흡했던 부끄러움을 금할 길 없다. 오로지 문학으로 외길을 걸어오신 본들에게 혹여 누가 될지 염려스럽다. 그러나 이 글은 어디까지나 문학이라기보다는 대중 통속소설에 가깝기에 조금은 그 부담에서 벗어나려 한 점 또한 변명으로 남는다. 조금은 투박하고 감정의 절제가 부족했던 캐릭터의 호소가 어느 독자에게는 진솔함으로 다가가, 7080 노래 같은 향수를 불러일으키는 문체가 새로운 장르 소설로서의 흥미를 주었다는 말에 용기를 얻기도 하였다. 그렇듯 나의 부족한 모습을 끝까지 응원해 주신 독자 여러분이 있었기에 이제 책으로까지 나오게 되었다.

  사랑과 인연의 뮤즈를 향해가는 여정에서 어느 때는 너무 흐느적거렸고, 어느 때는 서둘러 쿨한 척 독자를 한 걸음 이끌어 가려한 점 또한 아쉬움으로 남는다. 불안전하고 힘든 현실에서 독

자는 새로운 인생의 변화를 꿈꾸고 아름다운 추억을 만들어가려
한다. 그러한 꿈이 있고 열정이 살아있는 독자에게 이 글은 마치
잠 못 드는 밤 홀로 차 한 잔을 옆에 두고 한 편 한 편의 꿈으로
이어지기를 바란다.

이 책의 출간에 고마움을 전할 분들이 많다. 매회 읽고 감상평
을 보내주신 독자와 소사모, 예소담, GKGA, 북촌 가족 모두에
게 감사드리고, 에로틱하고 감성적인 삽화 그림으로 책을 빛내
주신 한규하 선생님, 청초하고 고즈넉한 그림으로 제자 사랑을
표명해 주신 이장한 선생님, 포럼오래, 동국대학원 문우 및 교수
님, 오래출판사 황인학, 민하디지탈아트 이정민 대표님, 기꺼이
출판을 독려해주신 C&C 회장님 아시아투데이 하만주 부장님,
그리고 마지막까지 수고를 아끼지 않고 아름다운 책을 만둘어 주
신 편집자님께 감사드린다.

손 영 미

손영미 – 극작가

서울예술대학 극작과를 졸업하고, 한국방송작가교육원에서 드라마 창작 연수 13기~15기 수료 후, 중국 소수민족 순회공연 언수글 계기로 점점 사라져가는 우리 구전민요와 설화를 중심으로 우리 전통 소리극을 연구 개발했으며, 그동안 드라마와, 연극, 시나리오 창작프로덕션을 운영하며 장르를 넘나드는 작품을 써왔다. 주요 작품으로 한오백년, 낙화유수, 바우덕이, 황진이, 창극뮤지컬, 명성황후 등을 집필했고 겨울나무, 서민귀족, 꼬마대통령 등 다수 작품이 있다. 한오백년으로 [계간 리토피아] 신인문학상을 수상했다. 숙명여대 대학원에서 미래문화 최고위 과정을 거쳐 서울예술대학 공연창작학부 연출을, 또한 공연미디어 전문가를 위한 연희창작, 문예창작 교실을 통해 후학 양성 및 다양한 글쓰기를 통해 재능사회봉사로 나눔을 실천하고 있다. 현, 칼럼니스트로 '아시아투데이에 손영미의 남과여를 연재 중이며, 서울아트스토리 대표 극작가로 동국대학교 문화예술대학원에서 소설 드라마, 석사 과정 중이다.